BASTEI
LÜBBE

BASTEI LÜBBE JOHN SINCLAIR IM TASCHENBUCH-PROGRAMM:

73 232 Assungas Liebesnest
73 333 Werwolf-Hölle
73 334 Arams Sündenbabel
73 335 Das Horror-Hirn
73 336 Engelsgesicht
73 337 Bis das Blut gefriert
73 338 Ihr Job in Atlantis
73 239 Liliths Hexenhöhle
73 240 Belials Braut
73 241 Das Rattenloch

GEISTERJÄGER

JOHN SINCLAIR

Jason Dark

DIE VAMPIR-BRÜDER

Horror-Roman

BASTEI LÜBBE

BASTEI LÜBBE TASCHENBUCH
Band 73 242

1. Auflage: Juni 2001

Vollständige Taschenbuchausgabe

Bastei Lübbe Taschenbücher
ist ein Imprint der
Verlagsgruppe Lübbe

Originalausgabe

Titelillustration: Maren/Bassols, Barcelona
Umschlaggestaltung: QuadroGrafik, Bensberg
Satz: Fotosatz Steckstor, Rösrath
Druck und Verarbeitung:
AIT Trondheim AS, Norwegen
Printed in Norway

ISBN 3-404-73242-1

Die Schatten der Nacht näherten sich lautlos wie ein gewaltiges Gespenst. Sie rollten förmlich über den Himmel und hielten im Nu die gesamte Breite des einsamen Strandes unter Kontrolle.

Im Zimmer war das Quietschen der alten Filmrollen zu hören und ein leichtes Hüsteln, das von Luke Dolan stammte, der neben dem aufgebockten Projektor stand und auf die Leinwand schaute, wo sein Film ablief. Er hatte das alte Schätzchen schneller als normal ablaufen lassen, um keine Zeit zu verlieren. Das Ziel war wichtig und sonst nichts. Außerdem wollte er sich hundertprozentig sicher sein.

Den Film kannte er. Und was die beiden Rollen gespeichert hatten, das war ungeheuerlich. Er konnte sich noch immer nicht damit abfinden, musste sich allerdings eingestehen, dass er keine Erklärung dafür fand und deshalb auf einen Fachmann warten musste, den er schon seit einigen Jahren kannte.

Mittlerweile arbeitete Luke Dolan offiziell nicht mehr, aber einer wie er konnte einfach nicht in Pension gehen. Dazu war er viel zu neugierig auf die Welt.

Dolan war über sechzig, aber er sah um zehn Jahre jünger aus. Trotz des grauen Haars, das er sehr kurz geschnitten hatte und ihn aussehen ließ wie einen Offizier.

Dolan ließ den Film jetzt normal weiterlaufen. Im Prinzip änderte sich nicht viel. Wieder war der Strand zu sehen und auch die dunklen Wolken am Himmel, die allerdings noch keine direkte Dunkelheit brachten, sondern mehr ein Zwielicht schufen, das die Umgebung des Strands und auch das anrollende Wasser ungewöhnlich klar hervortreten ließ.

Dolan spürte wieder das Kribbeln. Bald kam die Stelle. Er merkte, dass die Nervosität anstieg. In diesen Situationen griff er stets zu einem Kaugummi, was er auch jetzt tat. Er steckte es zwischen die Lippen und begann langsam zu kauen, während sich der Pfefferminzgeschmack in seinem Mund ausbreitete.

Sehr klar zeigte sich der feine Sand auf dem Film. Viele Einzelheiten traten hervor. Einige kleine Hügel. Grasbüschel, sogar etwas Treibgut und zwei Vogel-Skelette.

Plötzlich war es so weit!

Dolan merkte den Schuss, der ihn durchfuhr. Die nächsten Aufnahmen waren mit dem Zoom gefilmt worden, und der Mann ließ den Film im Zeitlupentempo laufen.

Sein Blick war gespannt auf den Strand gerichtet, als gäbe es dort etwas ungemein Tolles zu sehen.

Ein Fremder hätte sich über das Verhalten des Mannes sicherlich amüsiert, denn für ihn wäre am auslaufenden Wasser nichts zu sehen gewesen, was nicht der Normalität entsprochen hätte.

Tatsächlich nichts?

Luke Dolan beugte sich vor. Seine Augen waren noch gut. Er benötigte keine Brille. Er hielt alles unter Kontrolle. Und dann war es zu sehen.

Luke Dolan stöhnte auf. Er hatte die Szene schon oft genug gesehen, aber sie war für ihn immer wieder etwas Besonderes und auch unerklärlich.

Im Sand malten sich Fußabdrücke ab!

Sie waren nicht nur vorhanden, sie bewegten sich auch. Jemand war da, der durch den Sand ging und dort seine Spuren hinterließ.

Vier Abdrücke – zwei Personen also!

Aber es war niemand zu sehen. Zwei Unsichtbare schienen dort zu wandern. Es war genau zu verfolgen. Sie gingen nebeneinander her, und nur ihre Fußabdrücke malten sich im Sand ab.

Vier Mal!

Verrückt!

Luke Dolan schluckte. Plötzlich kam er sich in seinem Keller wie in einem Gefängnis vor. Hinter seiner Stirn tuckerte es. Jetzt hatte er den Film schon verdammt oft angeschaut und auch immer das Gleiche gesehen, aber es war ihm unmöglich, darüber hinwegzukommen.

Das gab es nicht. Das war nicht erklärbar. Menschen können nicht unsichtbar sein, auch wenn in der letzten Zeit immer wieder darüber diskutiert wurde.

Das war hier auf dem Film auch nicht so unsichtbar, wie man es sich vorstellte. Es gab da noch ein Problem, und das sah der Mann, wenn er genauer hinschaute.

Schatten!

Zwei seichte, in die Höhe gereckte Schatten, die sich zusammen mit den Fußabdrücken bewegten. Es war deutlich zu sehen, wie der Sand leicht eingedrückt wurde, und genau an diesen Stellen malten sich die beiden Schatten ab.

Dolan schluckte und flüsterte Worte vor sich hin, die er selbst nicht verstand. Es war ein Durcheinander. Er ging näher auf die hochgezogene Leinwand zu. Alte Super Acht-Filme sah heuzutage kein Mensch mehr, und es war auch nicht seine Art. Er hatte den Film zufällig entdeckt, weil er sich dafür interessierte.

Die Spulen bewegten sich. Die Schleifgeräusche

störten ihn jetzt nicht mehr, weil er sich voll und ganz auf das Bild konzentrierte.

Das war Wahnsinn!

Da gingen zwei Personen her, die nicht ganz unsichtbar geworden waren. Körnige Schatten schwebten über dem Strand, und die Spuren blieben. Die Person, die sie gefilmt hatte, war nicht so schnell verschwunden. Dolan konnte sich vorstellen, dass auch sie von diesem Phänomen überrascht gewesen war.

Wieder schoss ihm durch den Kopf, dass der Film mindestens 30 Jahre alt war, wenn nicht älter. Er wusste sehr genau, wie lange er die Abdrücke verfolgen konnte.

Wenn sich die Umgebung änderte und die ersten Dünen in die Höhe wuchsen, dann waren sie nicht mehr zu sehen. Da hatte der unbekannte Filmer dann aufgehört.

Etwa eine Minute lief der Film noch. Der weiche Sand verschwand, der Boden bekam eine gewisse Festigkeit, und sofort waren auch die Spuren verschwunden.

Luke Dolan schaltete den Apparat ab. Er stieß die Luft aus und wischte sich den Schweiß von der Stirn. Noch immer tuckerte es in seinem Kopf. Mit gesenktem Blick ging er wieder zurück zu einem kleinen Tisch. Dort stand eine Lampe, die er einschaltete. Sein Zimmer im Keller wurde so gut erhellt, dass er sich orientieren konnte. Es war so etwas wie ein Hobby- oder Filmraum. Hier stand auch ein Recorder, hier hatte er die Leinwand hochgezogen. In den Glasschränken standen seine Sammelstücke. Kameras aus den verschiedenen Jahrgängen. Alte und uralte. Es war sein Hobby gewesen, sie zu sammeln und liebevoll zu pflegen.

Als Berufsfotograf war er viel in der Welt herumgekommen. Er hatte auch im eigenen Land viel fotografiert und für die verschiedensten Magazine gearbeitet.

Er hatte sich vorgenommen, kürzer zu treten. Er wollte den Druck nicht mehr. Er wollte auch keine Termine. Für ihn war es wichtig, nur seinen Hobbys nachzugehen. Er wollte Bücher herausbringen. Seine gesammelten Werke der Öffentlichkeit präsentieren und praktisch dreißig Jahre seines Berufslebens für die Nachwelt präsent machen.

Immer wieder dachte Dolan an die Vergangenheit und daran, was er alles erlebt hatte. Vieles, von dem andere nur träumten. Tolle Reisen, eine bunte, wenn auch überspannte und unecht wirkende Welt. Mit den verrücktesten Menschen war er zusammengekommen. Er kannte die Stars, aber auch die kleinen, normalen Leute, die oft viel netter waren als die Promis. Er hatte sie alle geknipst, aber auch die Landschaften nicht vergessen. Er kannte sie zu beiden Seiten des Äquators und hatte herrliche Sonnenuntergänge auf der nördlichen und auf der südlichen Halbkugel erlebt. Immer wieder kleine Wunder, die ihm selbst so große Freude bereitet hatten.

Bis auf diesen Film!

Er hatte ihn nicht einmal geschaffen. Sondern auf einer Auktion ersteigert. Er hatte nicht mal gewusst, was sich darauf befand. Dolan war es nur darum gegangen, ein Zeitdokument in die Hände zu bekommen.

Und dann das!

Es gab für ihn keine Erklärung. Eines allerdings stand für ihn fest. Er hatte durch Zufall etwas Unheimliches entdeckt. Dafür fand er keine Erklärung. Da lag auch kein technischer Fehler vor. Es hatte zudem mit dem Filmmaterial nichts zu tun. Dieser Streifen beinhaltete ein Phänomen.

Für Phänomene fühlte er sich nicht zuständig. Das war einfach zu hoch für ihn. Da mussten ihm andere Menschen helfen, um hier eine entsprechende Lösung zu finden.

Es wusste sie bereits. Es gab da jemand, auf den er sich verlassen konnte, einen Mann, dem er einige Male im Laufe seines Berufslebens begegnet war und der sich für übersinnliche Phänomene interessierte. Er war kein Fotograf, sondern gehörte der schreibenden Zunft an, doch darin war er ein As. Und er sah die Welt auch mit möglichst vorurteilfreien Augen an.

Abends beim Bier war dieser Bill Conolly deutlicher geworden. Da hatte er schon mal was rausgelassen und von Phänomenen gesprochen, die auch ihm widerfahren waren. Über Details hatte er leider nicht geredet, allerdings vertraute Luke Dolan den Angaben seines Kollegen.

Bill musste sich den Film einfach anschauen und seinen Kommentar abgeben. Einen Termin hatten sie schon vereinbart. Conolly hatte zugesagt. Am morgigen Tag würde er bei Dolan erscheinen, und dann wollte Luke den Kommentar des Reporters hören. Er war auch überzeugt, dass ihn Bill nicht auslachte.

Dolan blickte auf die Uhr.

Mitternacht war soeben erreicht. Eine gute Zeit, um ins Bett zu gehen, aber Dolan konnte noch nicht. Er fühlte sich innerlich einfach zu erregt. Obwohl er den

Film schon viele Male gesehen hatte, zerrte ein erneutes Betrachten doch an seinen Nerven. Er war einfach nicht so abgebrüht, die Dinge hinzunehmen und darüber hinwegzugehen.

In seinem Kopf bewegten sich die Gedanken, aber er brachte es nicht fertig, sie in eine Reihe zu bringen. Er wollte wissen, weshalb er die Abdrücke sah, aber nicht die Menschen oder nur sehr schwach und schemenhaft.

Er kam damit nicht zurecht. Vielleicht aber Bill Conolly. Zudem hatte er vorgesorgt. Möglicherweise aus einem Gefühl oder einer Vorahnung, denn er hatte von den wichtigsten Bildern des Film Fotos gemacht, sie nummeriert und in einen Umschlag gesteckt, auf dem der Name des Reporters stand.

Den Umschlag hatte er oben im Eingangsbereich seines kleinen Hauses deponiert.

Zwei Jahre war es her, dass er die Großstadt verlassen hatte und in die Nähe der Ostküste gezogen war. Hier fühlte er sich wohl. Hier lebten die Menschen noch ihr eigenes Leben. Hier war die Natur anders zu begreifen als in den Städten. Wo sein Haus stand, konnte er immer tief durchatmen und sich wohl fühlen.

Es war kein direkter Keller, in dem sich sein Hobbyraum befand, mehr ein Souterrain, in dem es auch Fenster gab, durch die zumindest in der oberen Hälfte Licht fiel.

Hier unten fühlte sich der Fotograf plötzlich nicht mehr wohl. Er wollte nach oben in sein gemütliches Wohnzimmer und dort abwarten, was passierte.

Er ging mit langsamen Schritten die Stufen der Steintreppe hoch. Im Bereich des Eingangs brannte

Licht. Der Schein schimmerte ihm entgegen. Auf dem Steinboden hinterließ er ein helleres Leuchten, während um das Haus herum die Dunkelheit ihr Gespinst gezogen hatte.

Luke Dolan wohnte zwar allein, aber nicht einsam. Das nächste Haus stand ungefähr hundert Schritte entfernt und bildete den Anfang einer dichteren Bebauung. Ob zwischen seinem und dem anderen Haus noch gebaut wurde, stand in den Sternen. Er hoffte, dass es nicht der Fall sein würde.

Die leichten Kopfschmerzen waren noch immer vorhanden. Das konnte auch am Wetter liegen. Es verdiente den Namen nicht mehr, denn es war eine Sauerei und Zumutung zugleich.

Regen, Sturm, und das alles in Massen. Es hatte die schlimmsten Überschwemmungen seit vielen Jahrzehnten gegeben. Flüsse waren über die Ufer getreten, und ganze Orte waren in den Fluten regelrecht versunken. Menschen waren in Panik geraten, und nicht wenige hatten alles verloren.

Er war zum Glück vom Wasser verschont geblieben, aber die Stürme hatten ihre Spuren hinterlassen. Abgerissene Bäume, geknickte Masten, entdachte Häuser. Sogar Autos und Wohnmobile hatte der Sturm zu fassen bekommen und durch die Luft geschleudert.

Luke Dolan lebte allein in seinem Haus. Zwei Ehen hatten ihm gereicht, und er war nur froh, keine Kinder in die Welt gesetzt zu haben, denn sie litten immer am meisten unter den Trennungen. Zu seiner letzten Frau hatte er noch ein recht gutes Verhältnis. Hin und wieder besuchte sie ihn. Sie übernachtete auch bei ihm, und man sprach dann nicht nur von alten Zeiten, sondern war das eine oder das andere Mal zusammen ins Bett gegangen.

Evelyn hatte ihm die Scheidung auch nicht übel genommen. Es hatte eben nicht mehr geklappt. Sie arbeitete in einer Agentur und war auch viel unterwegs. So hatten sie sich während der Ehe immer nur selten gesehen.

In dieser Nacht wünschte sich Luke eine andere Person herbei. Es war seltsam und ihm auch eigentlich noch nie so direkt passiert, aber er fürchtete sich vor dem Alleinsein und auch vor der Dunkelheit. Fast wie ein kleiner Junge.

Er ging unter dem Torbogen hinweg ins Wohnzimmer. Es war der größte Raum im Haus. Vom ihm aus führte eine Treppe nach oben zum Bad und in das Schlafzimmer.

Es hingen keine Rollos vor den breiten Fenstern. Deshalb drückte von außen die Dunkelheit gegen die Scheibe. Die nächsten Lichter waren weit weg und nur selten zu sehen, denn der Blick durch die Scheibe glitt in die Einsamkeit hinein, wo sich keine Häuser befanden, sondern nur eine Straße, die zur Küste hin führte. Um diese Zeit rollten die Autos nur vereinzelt. Ihre Lichter wirkten dann so fern wie die von Sternen.

Ein bedeckter Himmel. Keine Gestirne zu sehen. Auch der Wind hatte nachgelassen. Kein Grund, sich zu freuen, denn der nächste Sturm war bereits angesagt worden, und der brachte auch wieder jede Menge Regen mit.

Luke Dolan hatte noch keine Lust, sich hinzulegen. Er kannte diese nächtlichen Stunden, in denen das vegetative Nervensystem verrückt spielte. Da war es auch nicht möglich, sich auf etwas zu konzentrieren.

Luke sprach zumeist von den gewissen Vorahnungen, auf die manche Menschen reagierten.

Mit dem Wetter hingen sie allerdings nicht zusammen. Nicht in dieser Nacht. Es hatte wieder etwas mit dem Film zu tun, der ihn heute besonders aufregte.

Die Spuren. Die Unsichtbaren oder fast Unsichtbaren. Alles war so seltsam. So anders. Es gab keinen Grund, und doch machte es ihn nervös.

Am liebsten hätte er sein Haus verlassen und wäre so schnell wie möglich irgendwohin gefahren.

Mitten im Wohnzimmer, das er mit hellen Kiefernmöbeln eingerichtet hatte, blieb er stehen. Er kam sich vor wie ein Fremder, der irgendwo lauschte.

Nichts!

Oder doch?

Jetzt, wo er sich konzentrierte, war auch der Wind zu hören, der um die Ecken des Hauses strich. Ein leises Säuseln, beinahe schon ein Heulen oder Wimmern, als hätten sich irgendwelche Geister darangemacht, ihre Welt zu verlassen.

An Geister glaubte er nicht. Wollte er einfach nicht glauben. Das war ihm zu weit weg. Und das passte auch nicht in sein Leben hinein. Trotzdem kam ihm der Gedanke immer wieder, wenn er den Film sah. Aber Geister gab es nicht. Und wenn doch, dann waren sie unsichtbar. Auch in Umrissen hätten sie nie auf dem Film zu sehen sein können.

Nein, das waren andere Gestalten. Um das herauszufinden, hatte er sich mit Bill Conolly in Verbindung gesetzt.

Neben Fernseher und Hi-Fi-Anlage stand eine kleine fahrbare Bar. Die Flaschen verteilten sich dort, und der einsame Mann hatte die Qual der Wahl. Er wollte sich einen Drink gönnen. Vielleicht konnte er dann einige Stunden schlafen.

Auf seinen Reisen hatte er den französischen Cognac schätzen gelernt. Einige Flaschen davon befanden sich immer in seinem Haus. So griff er zu und füllte den kleinen Schwenker fast bis zur Hälfte. Das widersprach dem Stil, aber hier schaute ihm keiner zu. Mit dem Glas in der Hand und auch trinkend näherte sich Dolan dem Fenster. Er blieb davor stehen und schaute nach draußen.

Außenlampen hatte er nicht eingeschaltet. Auch im Zimmer gab nur die Wandleuchte über der Bar Licht ab. So fühlte er sich durch die Helligkeit nicht gestört.

Wonach er suchte, wusste er selbst nicht. Eigentlich nach dem Nichts. Luke hoffte zumindest, dass niemand in der Nähe seines Hauses herumschlich und ihn beobachtete.

Er trank wieder.

Warm strömte der Alkohol in Richtung Magen. Die Wärme tat ihm gut, aber der Drink beruhigte ihn nicht. Seine Nerven konnten einfach nicht entspannen.

Dolan sah nichts, doch er war sich irgendwie sicher, dass da draußen etwas umhergeisterte, das ihm nicht gefallen konnte. Es war die Bedrohung, die Vorahnung, die sensiblen Menschen zu Eigen war, und zu dieser Gruppe zählte er sich.

»Unsinn, da ist nichts!«

Der Klang der eigenen Stimme beruhigte ihn keineswegs – und er sah auch die Bewegung.

Die rechte Hand mit dem Glas sackte ab. Dabei stieg der Cognac in die Höhe und glitt über den Rand hinweg, wo er dann seine Finger kurz nässte.

Luke hatte sich nicht geirrt. Er glaubte es nicht, auch wenn ihm die schattenhafte Bewegung nicht mehr auffiel. Sie war jetzt abgetaucht in die Dunkelheit.

Er trank wieder.

Durch seinen Atem war die Scheibe beschlagen, so dicht stand er vor dem Fenster. Die leichten Kopfschmerzen wollten ebenso wenig weichen wie der Druck in seinem Magen. Ihm war kalt geworden und zugleich auch warm. Über seinen Rücken kroch etwas hinab, das Spinnenbeine zu besitzen schien.

Er wartete. Er strengte seine Augen an, aber von der Bewegung war nichts mehr zu sehen. Dolan wusste nicht, wer oder was sich dort bewegt hatte. Ob Mensch oder Tier, das war nicht festzustellen gewesen. Dabei hoffte er auf ein Tier.

Plötzlich fühlte er sich vor dem Fenster nicht mehr sicher. Zwar war er keine perfekte Zielscheibe, aber seine Umrisse malten sich schon ab, und das wollte er nicht.

Um sicher zu gehen, ließ er die Rollos vor den Scheiben herab. Jetzt ging es ihm besser, wenn auch nicht gut, aber er fühlte sich zumindest nicht unter Beobachtung.

Mit langsamen Schritten verließ er das Wohnzimmer. Im Flur machte er Licht. Der Bereich des Eingangs wurde aus der Dunkelheit gerissen. Neben der Tür und nicht weit von der Treppe nach unten entfernt, befand sich ein schmales Fenster mit einer Milchglasscheibe.

Er ging dort hin.

Den Grund kannte er nicht. Es trieb ihn einfach in die Nähe der Tür. Unterwegs stellte er sein nicht leergetrunkenes Glas ab und dämpfte selbst im eigenen Haus die Schritte.

Warum bleibe ich vor der Tür stehen?, fragte er sich. Warum? Was hat mich hierher getrieben?

Keiner gab ihm Antwort. Komischerweise hatte sich bei Dolan die Nervosität noch gesteigert, und er glaubte plötzlich, noch in dieser Nacht Besuch zu erhalten, obwohl er keinen erwartete.

Dann hörte er das Geräusch der Klingel!

So schrill und überlaut, dass er zusammenfuhr. Es stand jemand vor der Tür, ein Fremder, denn Freunde besuchten ihn nach Mitternacht nicht unangemeldet.

Er öffnete das Seitenfenster nicht und hielt auch die Tür geschlossen. So fragte er nur: »Wer sind Sie?«

»Machen Sie auf!«

»Warum?«

»Ich habe eine Nachricht.«

»Vom wem?«

»Keine Ahnung. Auf dem Brief ist kein Absender zu sehen.«

»Legen Sie ihn in den Kasten.«

»Das klappt nicht. Er ist zu dick.«

»Dann scheren Sie sich zum Teufel.«

»Wie Sie wollen.«

Danach hörte Luke nichts. Aber das Erscheinen des Unbekannten hatte ihm gereicht. Jetzt wusste er, dass ihn sein Gefühl nicht getrogen hatte. Er war allein und war es doch nicht. Jemand schlich um sein Haus herum. Er wollte zu ihm. Er hatte es mit einem Trick versucht, und Dolan war stolz auf sich, dass er nicht darauf hereingefallen war.

Ein Brief, der zu dick war, um ihn durch den Schlitz des Kastens zu stecken. Eine blödere Ausrede hätte sich der Typ nicht einfallen lassen können. Nein, nein, da musste man ihm schon anders kommen. Dolan ahnte jetzt auch, dass diese Nacht noch verdammt lang werden konnte. Schlaf würde er nicht finden, und das hatte jetzt nichts mehr mit seiner inneren Nervosität zu tun.

Er trat von der Tür zurück. Das kleine Fenster reizte ihn. Es zuckte ihm in den Fingern, es zu öffnen und nach draußen zu schauen. Das würde nicht viel bringen. Sein Sichtwinkel war stark eingeschränkt. Um mehr zu sehen, musste er schon die Tür öffnen, und das traute er sich noch nicht.

Minuten verstrichen. In dieser Zeit hatte sich Luke Dolan nicht von der Stelle gerührt und nur abgewartet. Sein Blick war auf die Tür gerichtet. Er wollte schauen, er wollte hören und horchen, aber es drang nichts Verräterisches an seine Ohren.

Wer immer der Mann mit der fremden Stimme auch gewesen war, er konnte sich einfach nicht vorstellen, dass er die Nacht über vor der Tür hocken bleiben würde.

Die Neugierde siegte schließlich über die Angst. Luke wollte endlich Bescheid wissen. Er brauchte es, um ruhiger zu werden. Dazu musste er die Tür öffnen.

Mit einem Ruck zog er sie auf.

Schnell, überraschend. Nicht nur für ihn, sondern auch für den, der möglicherweise dort lauerte. Er bekam den Ansturm der Kälte mit. Er spähte hinaus in die Dunkelheit und bewegte sich nicht von der Türschwelle weg.

Da war nichts!

Alles im grünen Bereich. Die schmale Straße, das

nächste Haus gegenüber, aber 100 Schritte entfernt. Der sich daran anschließende Ort, in dem hinter einigen Fenstern noch Licht schimmerte – das alles war das gewohnte nächtliche Bild.

Luke Dolan sah zu Boden, ob dort tatsächlich eine Nachricht für ihn lag.

Nein. Das Gitter mit der Matte wirkte unberührt. Man hatte ihn reinlegen wollen.

Der Briefkasten befand sich am Ende des kleinen Vorgartens. Er war an dem linken der beiden Torpfosten angebracht worden. Es reizte ihn schon, dorthin zu gehen, denn Neugierde hatte stets zu den wichtigsten Eigenschaften in seinem Beruf gezählt.

Noch zögerte Dolan. Den Grund kannte er selbst nicht. Möglicherweise war es die angeborene Vorsicht.

Er tat den ersten Schritt, schaute sich um, es passierte nichts, und ging dann den zweiten.

Jemand lachte!

Luke Dolan blieb stehen. Er fror ein. Das verdammte Lachen hatte er sich nicht eingebildet. Jemand hielt sich in seiner Nähe auf. Er hatte auf ihn gewartet.

Dieser Bote ...

Wieder das Lachen.

Hinter seinem Rücken!

Als Dolan dies klar wurde, da wusste er, dass er einen Fehler begangen hatte.

Auf der Stelle noch fuhr er herum.

Was er sah, was ungeheuerlich!

Sein Gegner war noch da. Aber er hielt sich nicht mehr normal vor dem Eingang auf. Er befand sich darüber. Er stand auch nicht auf einem Absatz oder einen Windschutz, er klebte mit dem Rücken an der Hauswand ...

In diesen Momenten glaubte Luke Dolan, den Verstand zu verlieren. Was er da in der Dunkelheit trotz allem genau sah, war einfach unglaublich und so irreal.

Die Gestalt, die ihn anschaute und sich dabei mit dem Rücken gegen das Gemäuer drückte, war ein Mensch. Zumindest jemand mit einer menschlichen Gestalt.

Sehr dunkel, fast schwarz, sodass sie kaum an der ebenfalls dunklen Hauswand auffiel. Aber sie hatte auch ein Gesicht, das wie ein bleicher Fleck wirkte.

Er hörte das Lachen.

Es war widerlich. Es steckte voller diabolischer Freude.

Wer war das?

Der Ausdruck Mensch wollte ihm kaum noch in den Sinn kommen. Es war eine Person mit menschlichem Aussehen. Seltsam, dass er ausgerechnet in diesen Augenblicken an den alten Film dachte und sogar annahm, dass das Erscheinen dieser Person damit in Zusammenhang stand.

Er schluchzte auf. Die Gefahr war da. Der andere dort war sein Freund nicht, und er fing plötzlich an, sich an der Hauswand zu bewegen, was mehr als unheimlich aussah und auch allen Gesetzen der Physik widersprach.

Er hielt sich nicht einmal fest. Er glitt wie ein Schatten hin und her, und es war nur ein leises Schaben zu hören, in das auch die Frage hineinklang.

»Warum hast du nicht geöffnet?«

Luke gab keine Antwort. Er schluckte nur. Er ballte die Hände zu Fäusten. Die Kehle saß zu. Seine Gedanken irrten wie Fremdkörper durch den Kopf. Er konnte mit der Gestalt nichts anfangen, aber er wusste, dass sie Angst verbreitete, und die traf ihn brutal und raubte ihm den Widerstand.

»Du wirst geholt. Du kommst nicht mehr weiter, Dolan. Du hast zuviel getan und eine Grenze überschritten. Du bist nicht ...«

»Was denn?«, schrie er.

Er bekam keine Antwort. Luke konzentrierte sich auch nur auf die Gestalt über der Tür. Er hatte nicht im Traum daran gedacht, sich umzudrehen.

Deshalb sah er auch nicht die zweite Gestalt!

Am Ende des Vorgartens hatte sie in der tiefen Dunkelheit gelauert. Jetzt, als Luke Dolan abgelenkt war, kroch die Gestalt aus ihrer Deckung hervor.

Sie richtete sich auf. Sie war groß. Breitschultrig. Ganz in Schwarz. Ein blasses Gesicht. Lange Arme mit langen Fingern und auch langen Händen. In den Augen lag ein Flackern, und die unheimliche Gestalt schaffte es tatsächlich, sich lautlos zu bewegen. Luke Dolan ahnte nichts davon und merkte auch nicht, dass sie zum Greifen nahe hinter ihm stand.

Er starrte nur entgeistert.

Ein Mensch, der sich rücklings an eine Hauswand festklammerte, das kam in seiner Lebensphilosophie einfach nicht vor.

Plötzlich spürte er den kalten Hauch.

Diesmal nicht von vorn. Er war ihm auch nicht durch den Wind geschickt worden. Er spürte ihn im Nacken und an seinem Rücken wie Eis.

Dolan ahnte die Gefahr. Er wollte sich drehen, doch es war für ihn zu spät.

Ein Brett erwischte ihn im Nacken, dieses Gefühl hatte er jedenfalls.

Dabei war es die Handkante des anderen gewesen,

die gezielt von oben nach unten geschlagen worden war.

Der Treffer erschütterte ihn.

Dolan merkte, wie seine Beine nachgaben. Zugleich verzerrte sich die Dunkelheit vor seinen Augen. Schatten erschienen, tanzten, rissen auf, fügten sich wieder zusammen. Die sichtbare Welt wurde für ihn in Stücke gehackt.

Er hörte sich aufschreien.

Der zweite Treffer.

Ein Klotz! Wuchtig und brutal. Ein Schlag, der ihn von den Beinen fegte.

Luke Dolan schrie nicht mehr. Er spürte auch nichts. Er war zu einer Puppe geworden, deren Lebensfäden man radikal abgeschnitten hatte. Er fiel nach vorn, und die Gestalt hinter ihm dachte nicht daran, ihn abzufangen.

So prallte er hart auf den Bauch und schlug mit dem Gesicht auf.

Aber davon merkte er nichts mehr, die Bewusstlosigkeit war stärker ...

Luke Dolan war noch nie in seinem Leben bewusstlos gewesen. Er hatte sich über diesen Zustand keine Gedanken gemacht und musste nun erleben, wie es ist, wenn ein Mensch aus der Bewusstlosigkeit erwacht.

Schmerzen, nichts als Schmerzen. Es gab keine Stelle an seinem Kopf und auch darin, die nicht wehgetan hätte. Er fühlte sich zerrissen und glaubte zunächst, keinen Körper zu haben.

Aber er öffnete die Augen.

Schlitzweise, denn drückte er sie sofort wieder zu, weil ihn das helle Licht blendete.

Eine Lampe, die gegen ihn schien. Ansonsten war es dunkel um ihn herum, das stellte er fest, als er einen erneuten Versuch wagte und bemerkte, dass es ihm besser ging.

Zumindest brauchte er die Augen nicht mehr zu schließen. Dass er auf dem Boden lag, hatte er ebenfalls rasch festgestellt. Nur nicht mehr im Bereich des Eingangs. Der dunkle Teppichflor lag in seinem Hobbykeller.

Ihm war übel. Er stand dicht davor, sich übergeben zu müssen. Er kämpfte dagegen an.

Sein Kopf schien in eine Presse gedrückt worden zu sein. Luke war nicht in der Lage, die Schmerzen zu lokalisieren. Sie waren einfach überall. Am Kinn, unter der Schädeldecke. Die lauerten als Stiche hinter seinen Augen, und er hatte auch den Eindruck, als wäre sein Gesicht dabei, von einer Flamme berührt zu werden.

Trotz allem war ihm etwas anderes noch bewusst geworden. Die Haut im Gesicht war nicht mehr so trocken wie sonst. Jemand oder etwas hatte sie genässt.

Wasser?

Wasser?

Nein, das war es nicht.

Nach ihm sehnte er sich nur. Auf seinem Gesicht lag eine andere Flüssigkeit, die sich anders anfühlte als normales Wasser.

Sie war dicker, klebriger, und er spürte sie auch in der Nähe seines Mundes.

Er öffnete ihn und tastete mit der Zunge. Die Spitze

erforschte den linken Mundwinkel und holte sich einige Tropfen dieser Flüssigkeit hervor.

Klebrig war sie.

Auch süßlich!

Blut!

Sein Verdacht hatte sich bestätigt. Was da in seinem Gesicht klebte, war das eigene Blut. Dolan dachte sofort daran, dass ihn der zweite Schlag nach vorn und auf das Gesicht geschleudert hatte. Er musste damit gegen den harten Boden geschlagen sein, und da war eben sein Gesichtshaut geplatzt.

Jetzt konnte er sich auch erklären, woher das Brennen stammte. Er dachte weiter, und das trotz der Schmerzen, die ihn malträtierten. Er beschäftigte sich mit der Erinnerung und holte noch mal hervor, was er nach dem Öffnen der Tür erlebt hatte.

Es war einfach Wahnsinn gewesen. Etwas Furchtbares und auch nicht Fassbares hatte ihn erwischt. Er hatte die Gestalt über der Haustür rücklings an der Wand hängen oder kleben sehen. So etwas konnte und durfte es eigentlich nicht geben. Dazu war kein Mensch in der Lage.

Ein Mensch nicht, aber ...

Wieder fiel ihm der Film ein. Und besonders die Stellen, an denen Fußabdrücke zu sehen waren. Auch das hätte es normalerweise nicht geben können, aber es war geschehen. Er hatte es mit eigenen Augen gesehen.

Seine Kopfschmerzen waren so stark, dass er nicht mehr über das Problem nachdenken konnte. In dieser für ihn fremden Lage war er absolut hilflos und musste darauf warten, dass man sich um ihn kümmerte.

Es waren zwei Gegner gewesen. Einer vor, der

andere hinter ihm. Und der zweite hatte sich lautlos herangeschlichen, um ihn dann niederzuschlagen.

Danach hatten sie ihn gepackt und in den Keller gesteckt, in dem er allein lag.

Bin ich auch allein im Haus?, fragte er sich.

Zu hören war nichts. Wenn die beiden noch da waren, dann bewegten sie sich lautlos. Auf der anderen Seite funktionierte sein Wahrnehmungsvermögen nicht so, wie es hätte sein sollen.

Wenn nur nicht diese verdammten Schmerzen zusammen mit der Übelkeit gewesen wären! Sie machten ihn noch wahnsinnig. Alles erwischte ihn in Etappen. Mal sah und dachte er klar, dann wieder sackte er zurück und fühlte sich wie von einem Schwamm aufgefangen.

Das Gefühl für Zeit war ihm verloren gegangen. Er wusste nur, dass es draußen noch dunkel war.

Ein Luftzug strich über den Boden hinweg und erreichte auch sein Gesicht. Für einen Moment erfreute ihn die Kühle. Bis ihm klar wurde, dass der Luftzug nicht von ungefähr durch den Raum gestreift war. Jemand musste die Tür geöffnet haben.

Jemand kam auf ihn zu.

Er ging nicht normal, nicht für Luke Dolan. Er trat vorsichtig auf, und seine Schuhe schleiften dabei über den Boden hinweg. Die Geräusche wurden nur unwesentlich lauter, aber Dolan wusste sehr gut, dass er das Ziel des Ankömmlings war.

Er spürte ihn mehr, als dass er ihn sah. Ein fremder Hauch streifte ihn, zusammen mit einem Geruch, der ihn einfach störte.

Luke Dolan schnupperte.

Der Geruch war mehr ein Gestank. Es ekelte ihn an.

Alte Kleidung, verdorbenes Fleisch, da kam alles zusammen, und das in seinem verdammten Zustand. Ihm wurde noch übler. Er sah, wie sich die Gestalt neben ihm bewegte.

Das Licht im Raum war sehr gedämpft. Trotzdem konnte Luke Dolan die Bewegung des anderen neben ihm erkennen.

Der Fremde bückte sich.

Plötzlich berührte er mit seinen Händen und seinen Knien den Boden. Er drehte dem liegenden Luke Dolan noch sein Profil zu, was sich bald änderte, denn der Unheimliche bewegte sich so, dass er Luke anschauen konnte.

Dolan sah von unten her zu ihm hoch.

Das andere Gesicht schwebte über ihm. Und Dolan fragte sich, ob es überhaupt einem normalen Menschen gehörte, denn so bleich waren keine Menschen. Wenn überhaupt, dann wiesen Tote eine derartige Gesichtsfarbe auf.

Dolan begann zu zittern. Er wollte es nicht. Es kam einfach über ihn. Er sah auch das Gesicht nicht so klar. Sein Zustand ließ dies einfach nicht zu. Immer wieder geriet es in Schwankungen. Es drückte sich zurück, kam näher, zerfloss dabei, drängte sich wieder zurück, und so blieb das Wechselspiel für eine Weile bestehen.

Irgendwann aber schälte sich das Gesicht wieder hervor. Es blieb auch so, und Luke Dolan war in der Lage, Einzelheiten zu erkennen. Große Augen, ein breiter Mund, eine kantige Nase. Das alles flößte ihm keine richtige Angst ein. Für dieses Gefühl sorgte etwas anderes.

Eine Tatsache, die er zunächst nicht akzeptieren

wollte, die aber nicht verschwand oder sich als Täuschung herausstellte.

Der Mann atmete nicht!

Es war verrückt und nicht zu begreifen, doch Dolan konnte seine Augen vor dieser Tatsache nicht verschließen.

Der vor ihm kniende Kerl stieß keinen Atem aus. Und er atmete auch nicht ein.

Jeder Mensch hätte das getan, nur bei ihm war das nicht der Fall.

Blieb eine letzte Konsequenz.

Er war kein Mensch!

Diese Überlegung durchzuckte den Kopf des Fotografen. Er wollte nicht mehr näher darüber nachdenken, denn es gab für ihn keine Lösung. Ebenso wenig wie für die Spuren im Sand, und doch musste er sich den neuen Problemen stellen.

Der Kopf beugt sich ihm entgegen.

Langsam, lustvoll. Er hatte seinen breiten Mund halb geöffnet, doch sein Gesicht geriet zu sehr in den Schatten, sodass Luke Dolan nicht mehr viel von ihm sah.

Er sah auch nicht, wie sich der Mund noch weiter öffnete. Nur der faulige Geruch nahm zu und erreichte ihn wie ein kalter Pesthauch.

Er sah die beiden spitzen Zähne nicht, die beinahe hinter der Oberlippe verschwunden waren, und er bekam nicht mit, wie sich eine Zunge durch den Lippenspalt drängte.

Ein leises, genussvolles Stöhnen erreichte Luke Dolans Ohren. Es war noch nicht richtig verklungen, als Luke die erste Berührung an seinem Gesicht wahrnahm.

Über seine linke Wange hinweg fuhr etwas Raues und Feuchtes und fing plötzlich an zu lecken.

Luke Dolan versteifte noch mehr. Es war nicht zu fassen. Hätte man es ihm erzählt, er hätte es nicht geglaubt, aber diese andere Gestalt war tatsächlich dabei, sein Gesicht abzulecken. Die Zunge bewegte sich und führte dabei einen regelrechten Tanz auf. Sie huschte immer nur dorthin, wo sich das klebrige Blut auf der Haut abmalte. Dort leckte sie es mit zuckenden, schnellen Bewegungen weg, um nur keinen kostbaren Tropfen zu vergeuden.

Luke Dolan wusste nicht mehr, was er noch denken sollte. Am besten gar nichts. Seine Gedanken hatte er ausgeschaltet. Er musste sich den Leckversuchen des Fremden hingeben. Zwischendurch hörte er immer wieder das leise Schmatzen und wohlige Stöhnen.

Der Fremde hatte seinen Kopf ganz tief gedrückt. Er war mit sich sehr zufrieden, und seine immer wieder zuckende und leckende Zunge erreichte das gesamte Gesicht, um es auch vom letzten Blutstropfen zu befreien.

Es war für die Gestalt eine Wohltat, sich dem hingeben zu können, und auch Luke Dolan konnte sich über sich selbst nur wundern. Dieses erste Gefühl des Ekels war verschwunden. Er musste sich völlig hingeben. Er konnte auch nichts tun, seine Schwäche war einfach zu groß, und so nahm er alles gelassen hin.

Auch der letzte Blutstropfen wurde von seinem Gesicht weggeschleckt. Erst dann hob der andere seinen Kopf wieder an und richtete sich auf, wobei er breitbeinig auf dem Boden knien blieb.

Luke Dolan war soeben in eine für ihn günstige

Phase hineingeglitten. Seine Sicht war relativ klar, und so konnte er zuschauen, wie sich der andere bewegte.

Er kniete jetzt. Dabei wischte er über seinen Mund. Er leckte auch noch seine Finger genussvoll vom fremden Blut frei, bevor er sich wieder auf den Fotografen konzentrierte.

Ein dunkles Augenpaar war nach unten gerichtet. Luke Dolan glaubte, tief in den Schächten der Pupillen etwas Rotes schimmern zu sehen. Zwei kleine Punkte, aber das konnte auch eine Täuschung sein. Seine Fantasie spiegelte ihm dabei einfach zu viel vor.

Der Blutlecker bewegte sich nicht. Er musterte Luke. Er hatte noch kein Wort gesprochen, doch seine Geste war eindeutig. Als er den Mund öffnete und dem Fotografen sein Gebiss präsentierte, wusste dieser augenblicklich Bescheid.

Zwei Zähne, die aus dem Oberkiefer ragten. Aber keine normal gewachsenen, denn diese waren länger und spitzer. Es waren Vampirzähne.

Wenn das stimmte, dann war diese Blut leckende Gestalt nichts anderes als ein Vampir. Also eine Gestalt, wie man sie nur aus Büchern oder aus Filmen kannte.

Und die sollte es in Wirklichkeit geben?

Nicht nur sollte. Es gab sie sogar. Dieser verdammte Vampir war echt, so verdammt echt. Luke Dolan glaubte auch nicht daran, dass er mit einem künstlichen Vampirgebiss bestückt war, das man durch einen Handgriff einfach herausziehen konnte, nein, das hier war keine Täuschung. Er dachte daran, wie diese Gestalt an der Hauswand ›geklebt‹ hatte. So was hätte kein normaler Mensch geschafft. Dafür brauchte man schon übermenschliche Kräfte.

Es gab Vampire!

Es gab aber auch die Spuren im Sand und diese wie schwach gezeichneten Gestalten darüber.

Blitzartig schoss Dolan alles durch den Kopf, was er über Vampire wusste. Es war nicht viel, aber hatte er nicht mal gelesen, dass Vampire nicht zu fotografieren waren?

So musste es gewesen sein, aber das brachte ihm jetzt auch nichts. Er konnte die Theorie vergessen, denn die Praxis war viel schlimmer und grausamer.

Der Unheimliche senkte seinen Kopf noch tiefer. Und er schaffte es auch den Mund weiter zu öffnen. So wirkte er plötzlich wie eine Höhle, aus deren oberem Rand die beiden spitzen Zähne wie eine Botschaft hervorschauten.

»Dein Blut hat mir geschmeckt. Es hat mir sogar sehr gut geschmeckt«, flüsterte die Gestalt. »Ich will mehr davon. Nein, ich will alles von dir haben ...

Luke Dolan wollte etwas sagen, protestieren, doch er brachte nur ein Röcheln hervor. Die Worte schossen ihm nur durch den Kopf, das war alles. Er schnappte nach Luft. Er spürte in seinem gesamten Körper den Druck, der alles zusammenpresste. Einen Augenblick später berührten die kalten Lippen seine Haut.

Zum ersten Mal in seinem Leben bekam er diesen so intensiven Kontakt mit einem Unwesen, das es normalerweise nicht geben konnte. Diese Berührung der kalten Totenlippen empfand er schlimmer als das Lecken der rauen Zunge.

Noch war der Druck der beiden Zahnspitzen nicht vorhanden. Dafür entfuhr der Kehle des Blutsaugers ein tiefes Stöhnen, das von einer gewissen Vorfreude sprach.

Die Angst war bei Luke weg. Er spürte auch das Zittern nicht mehr. Er war zu einer anderen Person geworden. In seinem Innern gab es kein Leben und kein Gefühl mehr. Alles war ihm durch unsichtbare Hände entrissen worden.

Dann der Schrei!

Ein Ruf der irren Wut!

Er hallte durch den Kellerraum, und noch in der gleichen Sekunde wurde der Kopf des Vampirs in die Höhe gerissen. Der Körper folgte. Er schwebte plötzlich über dem Boden und hing im Griff des zweiten fest.

Der drehte sich um und schleifte seinen Artgenossen mit, den er schließlich losließ und quer durch den Raum schleuderte. Der schwere Körper krachte gegen die Hi-Fi-Anlage und ließ dort einiges zusammenbrechen.

»Nein, verdammt, nicht!«, schrie Lukes vorläufiger Retter. »Wir haben etwas anderes mit ihm vor.«

»Aber sein Blut . . .«

»Hör auf damit! Du wirst noch genügend Blut bekommen. Wir sind erschienen, um die Spur zu vernichten und nicht, um eine neue zu legen. Es bleibt bei unserem Plan.«

Nach dieser Rede fühlte sich Luke Dolan schon nicht mehr so wohl in seiner Haut. Welche Pläne konnten zwei Vampire schon mit einem Menschen haben?

Bestimmt keine positiven. Wieder sah er die Knochenfratze des Todes vor seinem geistigen Auge.

Der zweite Blutsauger ließ ihn liegen. Er hatte ein anderes Ziel und ging dorthin, wo der Projektor auf einem hölzernen Gestell stand. Mit seinen Händen werkelte er daran herum. Sehr schnell hatte er die beiden Spulen gelöst.

Vom Boden her schaute ihm Luke Dolan zu. Er konnte noch immer nicht nachvollziehen, was diese Gestalt damit vorhatte. Jedenfalls interessierte sie sich nicht für die Filmrollen. Der Film selbst war ihr viel wichtiger.

Der Blutsauger löste ihn mit geschickten Bewegungen. Einen Kommentar gab er dabei nicht ab. Ebenso wenig wie sein Artgenosse, der noch immer auf dem Boden hockte und sich nicht traute, etwas zu unternehmen.

Er wartete so lange, bis der andere Vampir den größten Teil der Filmrolle abgewickelt hatte.

Luke Dolan wunderte sich, dass dieses Wesen es schaffte, das zähe und harte Material mit einem Rucken zu zerreißen. Was es nicht brauchte, warf es zu Boden. Mit dem Rest des Films aber kam es auf Luke Dolan zu.

Diesmal bückte sich der andere Blutsauger, der Luke niedergeschlagen hatte. Er sagte kein Wort. Er wollte kein Blut lecken und auch keines trinken. Sein Plan sah ganz anders aus, und Luke konnte sich nicht wehren.

Mit geschickten Fingern umwickelte ihn der Blutsauger mit dem schmalen Filmmaterial. Der andere schaute zu, und schon sehr bald konnte sich Luke kaum bewegen. Die harten Kanten des Streifens stachen in seine Haut. Auch unter dem Kinn wurde er erwischt, und die Kante schnitt ein wie ein Messer.

Blut sickerte aus der Wunde, das niemand ableckte. Dolan aber spürte, wie eine nie gekannte Angst in ihm hochstieg. Er ahnte, was die beiden mit ihm vorhatten, und das kam ihm schlimmer vor, als blutleer getrunken zu werden.

»Dein Pech, Mensch, nur dein Pech ...«

Es war der einzige Kommentar, zu dem sich der Untote hinreißen ließ. Noch mal umwickelte er den Körper, sodass an ihm auch die Arme angepresst lagen.

»Das reicht!«

Der Blutsauger blieb neben dem Gefesselten knien und grinste ihn kalt an.

Zum ersten Mal nach langer Zeit war Luke Dolan wieder in der Lage, etwas zu sagen. Auch wenn er die eigenen Worte kaum verstand, aber der Vampir hatte sie gehört.

»Was soll das alles?«

»Du wirst sterben. Als Mensch und nicht als einer von uns. Wir wollen keine Spuren hinterlassen. Wir wollen im Geheimen bleiben. Für alle Zeiten.«

»Und wer seid ihr?«

»Brüder.«

»Geschwister?«

»So sehen wir es.«

Dolan konnte nicht mehr sprechen. Sein Schicksal war besiegelt. Er sah auch keine Chance mehr, sich dagegen aufzulehnen.

Nur eines wunderte ihn. Dass er in der Nähe des Todes noch so ruhig bleiben konnte. Das hätte er nie von sich gedacht. Es konnte auch daran liegen, dass er sein Leben gelebt hatte und ihm eigentlich nichts mehr fremd war.

»Ein Feuer hier unten. Fast normal ...«

Da wusste Dolan Bescheid. Und es war grauenvoll. Das Filmmaterial brannte wie Zunder. Es würde ihm nicht gelingen, sich davon zu befreien, wenn es erst mal von den Flammen erfasst wurde. Alles ging dann blitzschnell.

Der zweite Blutsauger ging bereits zur Tür, um dort außerhalb der gefährlichen Zone zu bleiben.

Der Vampir neben Luke griff in die Tasche seines alten Mantels. Er holte ein Feuerzeug hervor. Das bleiche Totengesicht mit den grauen Streifen darin verzog sich dabei zu einem wissenden Lächeln, und mit einer geschickten Bewegung des Daumens sorgte er dafür, dass die Flamme aufzuckte.

Für Dolan war sie das Totenlicht!

»Nein, nicht!«, flehte er.

»Doch!«

Danach ging alles blitzschnell. Der Hauch einer Berührung reichte schon aus, um das Material in Brand zu setzen. Das Feuer breitete sich unglaublich rasch aus. Es huschte an dem alten Filmmaterial entlang und hatte Sekunden später schon eine flammende Fessel um den Körper des Fotografen gelegt.

Als dessen erste Schreie aufgellten, standen die Blutsauger bereits an der Tür.

Sie nahmen die Treppe, verfolgt von den Schreien eines Menschen, der bei lebendigem Leib verbrannte ...

»Ich fahre mit, Bill.«

Der Reporter schaute seine Frau Sheila an und vergaß für einen Moment sein Frühstücksei.

»Wohin denn?«

»Du wolltest doch zu diesem ... wie hieß er noch gleich?«

»Luke Dolan.«

»Genau.«

»Hm!«, machte Bill.

»Passt dir was nicht?«, erkundigte sich Sheila von der anderen Seite des Tisches honigsüß.

»Nein, nein, das nicht.« Bill kratzte den Rest des Eies aus der Schale. »Ich wundere mich nur darüber, wo du mich doch sonst am liebsten gar nicht fahren lassen würdest.«

»Das ist heute was anderes.«

»Wieso?«

»Erstens scheint tatsächlich mal wieder die Sonne, zweitens habe ich nichts vor . . .«

»Und drittens?«, fragte Bill.

»Ist der Job wohl nicht gefährlich, möchte ich mal sagen. Oder glaubst du daran, dass dich das Anschauen eines alten Films in Schwierigkeit bringen wird?«

»Eigentlich nicht.«

»Eben. Und deshalb kann ich auch dabei sein. Machen wir mal wieder einen kleinen Ausflug in Richtung Küste.«

»Ich habe nichts dagegen.«

Sheila lächelte. Sie hatte wirklich keine Lust, zu Hause zu bleiben, was auch am Wetter lag, denn an diesem Tag zeigte sich der November von seiner eher unbekannten Seite. Es schien die Sonne und ließ das Herbstlaub im Garten der Conollys golden aufleuchten. Alles deutete darauf hin, dass es ein goldener Novembertag werden würde. Für den nächsten Tag war schon wieder schlechteres Wetter angesagt worden. Regen und Sturm. Für die Menschen in den Überschwemmungsgebieten würde erneut das Wasserchaos hereinbrechen. Auch die Themse hatte noch nie so viel Wasser geführt wie in den letzten beiden Wochen. An vielen Stellen war der Fluss über die Ufer getreten. Dabei waren auch London und Umgebung nicht verschont geblieben.

»Was ist dieser Luke Dolan eigentlich für ein Mensch?«, fragte Sheila.

»Kann ich dir nicht sagen.«

»Aber du kennst ihn doch.«

»Nicht gut genug. Wir haben uns einige Male getroffen. Jedenfalls ist er ein guter Fotograf, dem bei seiner Arbeit nichts zu viel war. Er hat sich in diesem Jahr zurückgezogen, um nur noch Privatmann zu sein. Auch hat er davon gesprochen, ein Buch mit seinen besten Fotos herauszugeben. Da sind wirklich tolle Aufnahmen dabei. Besonders die schwarzweißen.«

»Was will er denn genau von dir?«

»Er will mir einen Film zeigen.«

»Das weiß ich.« Sheila winkte ab. »Hat er dir was über den Inhalt erzählt.«

Bill schüttelte den Kopf. »Jedenfalls nichts Konkretes. Er hat sich ziemlich allgemein gehalten und nur gemeint, dass er mit gewissen Dingen, die auf dem Film zu sehen sind, nicht klarkommt.«

»Welche das sind, hat er nicht gesagt?«

»Nein.«

»Warum hat er dich angesprochen?«

Bill gönnte sich zunächst einen Schluck Kaffee. »Ja, warum gerade mich? So konkret kann ich dir das auch nicht sagen, Sheila. Er hält mich zumindest für jemand, der gewissen Dingen gegenüber aufgeschlossen ist.«

»Aha.«

»Was heißt das denn?«

»Es scheint wieder in ein Metier zu fallen, das unter Umständen auch John Sinclair angeht.«

»Wir werden es erfahren.«

»Du könntest ihn auch vorwarnen.«

»Nein, Sheila, das werde ich nicht tun. Die Eier sind noch nicht gelegt worden. So lange sie noch in der Glucke sitzen, rede ich darüber nicht. Sollte sich etwas ergeben, bin ich gern bereit, John Bescheid zu geben. Zunächst hören und sehen wir uns mal alles an.«

»Und wohin müssen wir genau?«

»In die Nähe von Folkestone.«

»In die Hafenstadt?«

»Nein, nicht direkt. Etwas von der Küste entfernt, zwischen Dover und Folkestone hat sich Luke Dolan zur Ruhe gesetzt. Der Ort heißt Ewell und ist nur ein Kaff. Aber über die M20 sind wir ziemlich schnell da.«

»Gut, dann mache ich mich mal fertig.«

»Aber du bist doch schon . . .«

»Nur ein wenig schminken.«

»Gut, ich räume ab.«

Bill Conolly blieb in der Küche, während seine Frau im Bad verschwand. Er beteiligte sich hin und wieder an der Hausarbeit. Vor allen Dingen tat er es gern allein, dann konnte er seinen Gedanken nachgehen, was auch jetzt der Fall war.

Der Fotograf musste auf einem Film, den er bei einer Auktion erworben hatte, etwas Unwahrscheinliches und kaum Begreifliches entdeckt haben. Er schwor darauf, dass es kein Trick war. Leider hatte er sich nicht näher über das Problem ausgelassen. Bill wusste nur, dass dem Fotografen, dem Fachmann, die

Erklärung fehlte. Mit normalen Mitteln schien man da nicht weiterzukommen.

Bill war gespannt. Er hatte versprochen, den Mann vor der Abfahrt anzurufen. Sein Handy funktionierte auch in der Küche. Bill lehnte sich rücklings an die Arbeitsplatte und wartete darauf, dass sich jemand meldete. Nichts passierte. Er versuchte es ein zweites Mal und erntete das gleiche Ergebnis. Sheila hatte ihm von der Tür her zugeschaut und fragte: »Wolltest du Dolan sprechen?«

»Ja.« Bill steckte das Handy weg. »Er hat sich leider nicht gemeldet.«

»Kein Grund zur Panik«, sagte Sheila. »Vielleicht ist er nur mal kurz weggefahren. An der Küste soll das Wetter so sein wie hier, und das ist ja nicht schlecht.«

»Ja, das mag wohl sein.«

Überzeugt war der Reporter nicht. Das sah auch Sheila, doch sie war schlau genug, ihm keine Fragen zu stellen. Stattdessen schlüpfte sie in ihre rehbraune Lederjacke, stellte den Kragen hoch und nickte Bill zu.

»Wir können.«

»Okay.«

Wenig später saßen die beiden Conollys im Porsche und brausten los. Bill war recht schweigsam, was Sheila wiederum nicht verstand. »He, redest du nicht mehr, oder passt es dir nicht, dass ich mitfahre?«

»Unsinn. Das weißt du. Ich denke nur immer an Luke Dolan, verstehst du?«

»Klar. Nur – warum denkst du an ihn?«

»Weil ich plötzlich das Gefühl habe, dass wir irgendwie zu spät kommen und somit in des Teufels Küche geraten ...

Sheila gab keine Antwort darauf.

Manchmal haben auch Autofahrer Glück, und zu diesen Glücklichen zählten die beiden Conollys. Sie waren durchgefahren, ohne von einem Stau behindert worden zu sein.

Der Rest war Routine, denn auch abseits der Autobahn staute sich kein Verkehr.

»Schöne Gegend!«, kommentierte Sheila und lächelte dabei.

»Ja, nicht schlecht.«

»Riecht nach Urlaub.«

Bill warf seiner Frau einen Seitenblick zu. »Höre ich da etwa gewisse Zwischentöne?«

»Hier nicht, Bill. Im Sommer ist es sicherlich schön. Die sanften Hügel, der Wald, die Wiesen, die breiten Täler. Zudem ist es nicht weit bis zur Küste. Wer hier mit seinen Kindern Urlaub macht, zahlt zudem weniger als direkt am Wasser. Aber ich denke da an etwas anderes.«

»Schweiz oder Österreich?«

»Kanada.«

»Ist mal was ganz Neues.«

»Ja, ich habe mir auch schon Prospekte besorgt. In den Rockies ist es wirklich toll.«

»Mal schauen.«

»Aber erst im neuen Jahr.«

»Das hatte ich mir auch so gedacht.«

Sie rollten mit dem Porsche über eine der schmaleren Landstraßen. Bäume säumten die Fahrbahn. Da sie den größten Teil des Laubs schon verloren hatten, wirkten sie an manchen Stellen wie Gerippe, und so konnten die Strahlen der blässlichen Herbstsonne auch durch dieses Geäst scheinen und einen Teil der Welt vergolden.

Die Wege hier waren gut beschildert, und so dauerte es nicht lange, bis die beiden Conollys zum ersten Mal den Namen Ewell lasen. Sheila drückte ihre Sonnenbrille wieder vor die Augen. »Es sind noch acht Kilometer.«

»Ein Katzensprung.«

Sie nickte. »Und du weißt natürlich, wo du deinen Fotografen finden kannst.«

»Genau das weiß ich nicht«, erklärte Bill. »Aber es wird kein Problem sein, ihn zu finden. In diesen Dörfern kennt doch jeder jeden.«

»Warum hat er sich eigentlich gerade hier zur Ruhe gesetzt?«

»Das kann ich dir auch nicht sagen. Sein Leben war stressig genug. Es ist möglich, dass er es jetzt genießen wollte. Da kommt ihm ein Kaff wie Ewell gerade recht.«

Sheila lächelte. »Und was machen wir, Bill, wenn wir mal alt geworden sind?«

»Ganz einfach. Wir ziehen nach Mallorca.«

»O ja. Darauf freue ich mich schon jetzt. Mit Senioren-Animation – oder?«

»Sicher. Und abends gibt es dann den großen Tanz, auch Mumienschieben genannt.«

»Sei nicht so despektierlich.«

Ihre Unterhaltung schlief ein. Bill ging vom Gas. Der Porsche fuhr in eine Rechtskurve hinein, und danach senkte sich die Straße, um durch einen lichten Wald zu führen, vorbei an einem Campingplatz und an einem kleinen See, der die Wassermengen der letzten Wochen nicht alle hatte schlucken können und deshalb um das Doppelte gewachsen war. Bis an die Straße reichte das Wasser noch nicht heran.

Je näher sie dem Ziel kamen, umso stiller und in sich gekehrter wirkte der Reporter. Sheila sprach ihren Mann auch nicht an. Sie wusste, dass er eigene Gedanken verfolgte und sie ihn jetzt nicht stören durfte.

In der Tat grübelte Bill über seinen Besuch bei dem Fotografen nach. Es sah alles normal aus, und es war auch nichts passiert. Trotzdem machte er sich Sorgen, ohne den wahren Grund dafür nennen zu können. Es war eben dieses Bauchgefühl, was seinen Freunden John Sinclair und Suko ebenfalls nicht fremd war.

Die ersten Häuser kamen in Sicht. Zumeist waren es die Dächer, die sich in der klaren Luft besonders gut abhoben und wirkten, als wären sie frisch bemalt worden.

»Wirklich ein netter Ort«, sagte Sheila. »So schön die heile Welt. Man kann sich kaum vorstellen, dass hier etwas passiert.«

»Na ja.«

»Bist du anderer Meinung?«

»Ich rechne immer mit allem.«

Sheila schwieg und war froh, dass Bill mit dem Tempo noch weiter herabging. So war es ihr möglich, sich besser auf den kleinen Ort zu konzentrieren.

So einsam war es in Ewell nicht. Das Haus, vor dem mehrere Wagen standen, von denen einer zur Feuerwehr gehörte, war praktisch der erste Bau am Ortseingang. Er stand recht einsam, denn der eigentliche Ort fing erst weiter hinten an.

»He, was ist denn da los?«

Bill zuckte mit den Schultern.

»Dummes Gefühl?«

»Ja.«

«Dann würde ich anhalten.«

»Das werde ich auch.«

Bill fuhr so weit heran, bis er dort parken konnte, wo auch die anderen Fahrzeuge standen. Eines davon war ein Streifenwagen. Zwei Polizisten trieben sich im Vorgarten herum, während andere Männer im Haus waren, dessen Tür weit offen stand.

Beide Conollys stiegen aus. Sheila schlüpfte geschmeidig in ihre Lederjacke hinein und schnupperte. »Ich wette mein eigenes Haus, Bill, dass es hier nach Verbranntem riecht.«

»Da brauchst du erst gar nicht zu wetten, das ist auch so.«

Sie sprachen nicht mehr weiter über dieses Thema und näherten sich dem Vorgarten, was einem der beiden Polizisten nicht passte. Er kam auf sie zu und stellte sich ihnen in den Weg. Mit seinem dicken Bauch sah er aus, als wollte er sie zur Seite schieben.

»Bitte, für Sie geht es hier nicht weiter. Wir haben hier eine wichtige Untersuchung vorzunehmen. Um seine Worte zu unterstreichen, gab er seinem Gesicht einen wichtigen Ausdruck.

Sheila versuchte es auf ihre Weise und spielte ihren Charme aus. Ihr Lächeln ließ den Dorf-Sheriff weich werden.

»Bitte, wir wollen uns ja nicht einmischen, aber uns fiel der Brandgeruch auf. Der wurde durch die Lüftung in unseren Wagen transportiert.«

»Es hat auch gebrannt.«

»In diesem Haus, nicht?«

Der Polizist nickte. »Ja, hier im Haus. Im Keller. Glücklicherweise hat sich das Feuer nicht ausgebreitet. Es ist trotzdem schrecklich.« Der Mann schaute sich unbehaglich um.

»Ist denn jemand in Mitleidenschaft gezogen worden?«, erkundigte sich Sheila behutsam.

»Leider. Der Besitzer. Ein Mann, der noch nicht lange hier gelebt hat.«

Jetzt sprach auch Bill. »Luke Dolan etwa?«

»He, so fremd scheinen Sie nicht zu sein.« Der Beamte wunderte sich. »Ja, es war Luke Dolan.«

»Verdammt«, flüsterte Bill. Er sah Sheila an, deren Gesicht nicht nur blass, sondern auch starr geworden war. »Wir wollten zu ihm. Da sind wir wohl zu spät gekommen.«

»Sie auch?«, fragte der Mann.

Bill reagierte schnell. »Wieso? Hat es denn noch jemand gegeben?«

»Ja.«

»Bitte, wer?« Sheila lächelte wieder und sah den Polizisten bittend an.

Der drehte sich zur Seite und wies auf eine rothaarige Frau, die etwas abseits stand und an einer Zigarette saugte. Wie Nebel verteilte sich der Rauch in der kalten Luft. »Diese Lady wollte Luke Dolan besuchen.«

»Kennen Sie die Frau?«

»Nein, Mister. Nicht persönlich. Ich hörte nur, dass sie mal mit Luke Dolan verheiratet war.«

»Wusstest du das, Bill?«

»Nein, keine Ahnung. Aber wir werden noch mit ihr reden«, murmelte er, um sich wieder an den Polizisten zu wenden. »Können Sie schon ermessen, wie der Brand entstanden ist?«

»Nein. Das muss noch untersucht werden. Jedenfalls hat es Luke Dolan nicht mehr geschafft, den Keller zu verlassen.«

»Dann wissen Sie auch nicht, ob es sich um eine Brandstiftung gehandelt hat?«

Der Polizist schüttelte den Kopf. »Das werden die Experten herausfinden, hoffe ich. Der Keller ist verkohlt, und die rothaarige Frau hat die Leiche entdeckt. Jetzt stehen wir schon seit einigen Stunden hier.« Sein Blick wurde misstrauisch. »Aber weshalb interessieren Sie sich so dafür? Welchen Grund haben Sie? Wer ... wer sind Sie eigentlich genau?«

Bill winkte ab und gab seiner Stimme einen harmlosen Klang. »Ach, das ist leicht zu erklären. Ich bin ein Kollege von Luke Dolan. Mein Name ist Bill Conolly, und das hier ist meine Frau Sheila. Wir waren für den heutigen Tag verabredet. Luke ist ja in Rente gegangen, sagt man wohl. Aber er hörte noch nicht auf mit seiner Arbeit und wollte ein Buch mit seinen besten Bilden herausbringen. Nun ja, dazu ist es nicht mehr gekommen.«

»Da war er wohl nicht vorsichtig genug.«

»Dürfen wir trotzdem in den Keller?«

Bill hatte die Frage gestellt, obgleich er wusste, dass man ihm eine negative Antwort geben würde. So war es denn auch. Der Polizist lachte. »Auf keinen Fall. erst wenn die Untersuchungen abgeschlossen sind, kann man wieder darüber reden.«

»Nun ja, das dachte ich mir.« Bill zwinkerte seiner Frau zu. »Dann werden wir uns mal um Mrs. Dolan kümmern. Ihnen vielen Dank.«

»Tut mir Leid«, sagte der Beamte.

Der Reporter hob die Schultern. »Da kann man nichts machen. Aber so ist das Leben. Manchmal kann es verdammt grausam sein.«

»Da sagen Sie was.«

Die rothaarige Frau stand noch immer an der gleichen Stelle. Sie rauchte inzwischen eine weitere Zigarette. Beim Näherkommen sahen Sheila und Bill sie besser. Aus der Distanz hatte sie jünger gewirkt. Jetzt erkannten sie, dass die Person mindestens Mitte vierzig sein musste. Das gefärbte Haar wuchs in wilden Locken um ihren Kopf. Sie trug einen grünen Ledermantel mit einem Lammfellkragen. Da der Mantel offen stand, sahen sie die Hose und den Pullover, ebenfalls in einem leichten Grünton gehalten. Ihre Füße und ein Teil der Beine steckten in terrakottafarbenen Stiefeln.

Das Gesicht war geschminkt. Die mit einem violetten Stift nachgezogenen Lippen fielen ebenso auf wie die Ringe unter den Augen. Der Frau war anzusehen, dass sie geweint hatte.

Als Sheila und Bill auf sie zukamen, warf sie die Kippe zu Boden und trat sie aus.

»Wollen Sie zu mir?«

»Ja«, sagte Bill. Bevor die Frau weitere Fragen stellen konnte, erklärte er, wer sie waren.

»Ach – Sie sind Bill Conolly?« Interesse war in den Augen mit den blassen Pupillen zu sehen.

»Ja. Sie kennen mich?«

»Sicher.«

»Und woher?«

»Als ich noch mit Luke verheiratet war, ist Ihr Name einige Male gefallen. Ich heiße noch immer Dolan, Evelyn Dolan.« Sie gab den beiden Conollys die Hand. »Tja, eigentlich hatte ich ihn besuchen wollen, aber das ist jetzt vorbei. Hätte ich auch nicht gedacht, dass es so kommen würde. Er war noch so jung.«

»Waren Sie verabredet?«, fragte Bill.

»Nein. Ich bin zufällig hier vorbeigekommen. Ich wollte mal sehen, wie es ihm ging. Wir sind nicht im Streit auseinander gegangen und hatten noch immer Kontakt. Das Haus hier sehe ich allerdings zum ersten Mal. Ich hätte nicht gedacht, dass ich meinen Mann tot erleben muss.«

»Haben Sie ihn gesehen?«

»Nein, Mr. Conolly. Ich habe nur gehört, was mit ihm geschehen ist. Er verbrannte im Keller. Den Grund kann ich mir nicht vorstellen.« Sie zuckte die Achseln. »Das ist alles so verrückt. Luke war manchmal ein Windhund. Vielleicht musste er das auf Grund seines Berufes auch sein, aber etwas konnte man ihm nicht nachsagen: Er ist nie unvorsichtig gewesen. Er hat immer genau gewusst, was er tat und was er wollte. Deshalb habe ich auch meine eigene Meinung, was seinen Tod angeht.« Sie zog die Nase hoch und tupfte mit dem Stoff eines Taschentuchs gegen ihre Augenränder.

»Denken Sie an Brandstiftung?«, fragte Sheila.

Evelyn blickte sie direkt an. »Das ist sogar noch recht vornehm umschrieben. Ich würde einen anderen Begriff benutzen. Dazu sage ich einfach Mord.«

Sheila nickte. »Und du, Bill?«

»Könnte sein.«

»Aber Sie müssten das wissen.«

»Ich?« Bill konnte das Lachen nicht vermeiden. Warum sollte ausgerechnet ich das wissen müssen?«

»Weil mein ehemaliger Mann sich mit Ihnen verabredet hat«, erklärte Evelyn. »Ich kenne ihn. Ich kenne Sie zwar nicht, aber Sie waren für Luke immer etwas Besonderes. Er hat Sie hoch geschätzt, weil Sie auch hinter die sichtbaren Dinge geschaut haben, wie immer man das auch interpretieren mag. Wenn er Sie eingeladen hat, dann bestimmt nicht, um mit Ihnen zu plaudern oder über vergangene Zeiten zu reden. Ist das nicht so?«

Bill Conolly lächelte die Frau an. »Ob Sie es glauben oder nicht, Mrs. Dolan, aber ich weiß es nicht. Ich habe keine Ahnung.«

»Hat er Ihnen nichts gesagt?«

»Nur etwas angedeutet.«

»Und was?«

»Dass es um einen alten Film gegangen ist, den er auf einer Auktion erworben hat. Mehr weiß ich nicht. Wir wollten alles andere hier besprechen.«

»Mehr hat er nicht erzählt?«

»Nein.«

Evelyn Dolan überlegte. Dabei hielt sie die Lippen zusammengepresst. Sie wich auch dem Blick der beiden Conollys aus. Sheila und Bill sagten nichts. Sie spürten, dass die Frau über eine bestimmte Sache nachdachte.

Schließlich räusperte sie sich und sprach, schaute dabei aber zu Boden. »Ich war im Haus«, sagte sie. »Ich habe mich nicht davon abhalten lassen. Allerdings ließ man mich nicht in den Keller gehen. Ist auch jetzt egal. Es hätte mir schon Probleme bereitet, die verbrannte Leiche meines Mannes zu sehen. Nun ja, wie dem auch sei. Ich bin im Haus gewesen, und dabei fiel mir ein Umschlag in die Hände. Er lag im Eingangsbereich. Der Umschlag war beschriftet. Mit einem B und mit einem C. Sie können sich denken, an wen er gerichtet war. Ich wusste es bisher nicht, aber nun steht ein gewisser Bill Conolly vor mir. Ich denke, dass er für Sie bestimmt ist.« Evelyn griff in die Innentasche ihres Mantels und holte ihn hervor.

Er war nicht geknickt und besaß ungefähr die doppelte Größe eines Briefumschlags. »Bitte, ich brauche ihn nicht.«

Bill nahm ihn entgegen, während Sheila sich umschaute. Sie sagte: »Es wäre besser, wenn wir ihn nicht hier öffnen, sondern dort, wo wir unbeobachtet sind.«

»Das meine ich auch«, stimmte Evelyn ihr zu.

Bill ließ den Umschlag verschwinden. »Und wo könnte das sein, Mrs. Dolan? Kennen Sie sich aus?«

»In Ewell gibt es einige Lokale. Da werden wir bestimmt etwas Passendes finden.«

Der Reporter nickte. »Okay, ich bin einverstanden. Wir fahren dann hinter Ihnen her. Wo steht ihr Wagen?«

»Dort, der gelbe BMW.«

»Gut, bis dann.«

Sie trennten sich und gingen zu ihren Autos. Bill war ziemlich schweigsam, was Sheila nicht so sehr gefiel. »Was geht dir durch den Kopf, Bill?«

»So einiges, abgesehen von dem noch unbekannten Inhalt in diesem Umschlag. Ich bin inzwischen davon überzeugt, dass Luke Dolan nicht durch sein eigenes Verschulden ums Leben gekommen ist. Da steckt einfach mehr dahinter.«

»Mord!«

»Ja, Sheila, und das auf eine raffinierte Art und Weise.« Bill drückte den Sensorknopf am Schlüsselbund und öffnete die Wagentüren aus der Distanz.

Sheila blieb stehen. Das Wind zerzauste ihre blonden Haare, die teilweise bis in ihr Gesicht geweht wurden. Sie wischte die Strähnen weg und sagte: »Irgendwie habe ich es mir schon gedacht, Bill. Es geht wieder mal in die bestimmte Richtung.«

Er hob die Schultern und lächelte. »Da kannst du nichts machen. Das ist eben unser Schicksal.«

»Das könnte ich mir – ehrlich gesagt – auch anders vorstellen ...«

»Steig ein.«

In Ewell gab es einige Lokale zur Auswahl. Sie entschieden sich für eine Gaststätte, die in einem breiten Backsteinhaus lag, zu dem auch eine Metzgerei gehörte.

»Aber Rindfleisch esse ich nicht«, erklärte Sheila beim Aussteigen.

»Hast du denn Hunger?«

»Ja.«

»Ich auch.«

Zu dritt betraten sie die Gaststätte, die nicht leer war. An den Tischen verteilten sich fünf Gäste. Zwei sahen aus wie Vertreter, die hier ein spätes Mittagessen zu sich nahmen, die anderen beiden mussten Bewohner aus dem Ort sein, wobei die Männer keinen nüchternen Eindruck machten.

Ein junger Mann mit Halbglatze und langen Koteletten bediente vor und hinter der Theke. Er trug graue Jeans und ein schwarzes Hemd mit dem Aufdruck ICH MAG MICH.

Sheila, Evelyn und Bill suchten sich einen Tisch am Fenster aus. Er stand genügend abseits von den anderen Gästen. So konnten sie sich in Ruhe unterhalten und wurden auch nicht belauscht.

Der junge Mann trat an den Tisch und erklärte, dass es keinen Lunch mehr gab, sondern nur noch kleine Gerichte aus der Metzgerei nebenan.

»Wir wollen auch nichts essen«, sagte Evelyn. »Zumindest ich nicht. Dann nehme ich ein Wasser.«

Das bestellten Bill und Sheila auch.

Der Typ nahm es zur Kenntnis und verzog die Mundwinkel. Gäste, die Wasser bestellten, waren ihm wohl suspekt. Er brachte drei Fläschchen und drei Gläser, dann zog er sich wieder hinter die Theke zurück.

Bill war natürlich auf den Inhalt des Umschlags gespannt. Er hielt sich allerdings zurück und wartete ab, bis alle getrunken hatten.

Mit dem Taschenmesser öffnete der Reporter das Kuvert, schaute hinein und danach die beiden Frauen an. »Bilder sind es.«

»Hatte ich mir fast gedacht«, meinte Sheila. »Schließlich war Dolan Fotograf.

»Ist auch eine Nachricht dabei?«, erkundigte sich Evelyn.

»Nein.« Bill holte die Aufnahmen mit spitzen Fingern hervor und legte die vier Fotos auf den Tisch. Die drei rückten zusammen, um die gleiche Sichtperspektive zu haben.

Luke Dolan war ein Künstler und zugleich ein Pedant gewesen. Er hatte die Aufnahmen an der unteren Seite mit einem Filzstift markiert. Mit den Zahlen Eins bis Vier.

Auf den ersten Blick war nicht viel zu sehen. Alle Aufnahmen zeigten einen Strand und waren zudem nicht unbedingt sehr scharf, was Evelyn wunderte.

»So schlecht hat Luke nie fotografiert«, erklärte sie

und schüttelte den Kopf. »Das kenne ich nicht von ihm. Es scheint, als hätte ein anderer sie gemacht.«

»Glaube ich nicht«, murmelte Bill.

»Wieso?«

Der Reporter beugte sich vor. Er schaute sich die Fotos genau an. Er sah auch die weißen, etwas verwaschenen Streifen an den Rändern. Dabei kam ihm eine Idee. »Ich zumindest gehe davon aus, dass Luke sie irgendwo abfotografiert hat.«

»Wovon denn?«, fragte Sheila.

»Keine Ahnung. Aber es könnte eine Leinwand gewesen sein, auf der die Bilder eines alten Film abliefen. Das hier sind fast Standfotos. Er hat den Film angehalten und die einzelnen Bilder der Reihe nach abfotografiert.«

Sheila und Evelyn schauten ihn an. Sie sagten zunächst nichts, bis die ehemalige Frau des Fotografen nickte. »So etwas traue ich ihm durchaus zu.«

Sheila tippte mit dem Finger auf ein Bild. »Und warum gerade immer das gleiche Motiv?«

»Damit wollte er uns auf etwas hinweisen.«

»Weiß ich selbst, Bill. Aber auf was?«

»Da müssen wir uns die Aufnahmen genauer anschauen«, erklärte er. »Du hast Recht. Es ist immer das gleiche Motiv. Aber weshalb sollte man uns das präsentieren?«

»Damit wir genauer hinschauen und gewisse Unterschiede erkennen. Die Fotos sind nicht grundlos nummeriert worden. Ich bin sicher, dass mehr dahinter steckt.«

»Okay, schauen wir genau nach.«

In der folgenden Minute breitete sich das Schweigen am Tisch aus. Niemand sprach mehr. Die Konzentration war da. Auch die übrigen Geräusche innerhalb der Kneipe waren vergessen.

Die Fotos waren nicht identisch. Aber man musste schon genau hinsehen, um zu erkennen, dass die Perspektive oder der Aufnahmewinkel sich doch leicht verändert hatte, auch wenn das Motiv gleich blieb. Der Strand, das Wasser und ein leicht erhöhter Hintergrund aus Dünen.

Die Blicke der drei Betrachter klebten an den Aufnahmen. Man konnte die Konzentration fast messen, die sich zwischen ihnen aufgebaut hatte. Bis Sheila das Schweigen brach.

»Ich glaube, ich hab's!«

Von zwei Seiten wurde sie angeschaut. Für einen Moment genoss sie ihren Triumph und lächelte breit. »Wenn man es weiß, dann ist es einfach. Schaut euch den Strand mal genauer an. Vergleicht alle vier Bilder nur mit diesem Motiv. Dann wird euch einfach etwas auffallen, da bin ich mir sicher.«

Evelyn und Bill stellten keine Frage. Sie taten, was Sheila geraten hatte, und es war der Reporter, der mit seiner rechten Zeigefingerkuppe abwechselnd auf die Fotos tippte.

»Das ist es doch!«

»Was?«, fragte Evelyn.

»Die Fußspuren.«

»Richtig!«, meldete sich Sheila.

Evelyn Dolan schaute ebenfalls genauer hin, bekam die Sache aber nicht in den Griff. »Sorry, aber mir fällt an den Spuren nichts auf.«

»Aber mir«, sagte Bill. »Es sieht so aus, als wären dort zwei Personen nebeneinander hergegangen. Und wenn Sie genau schauen, dann sind über den Spuren ganz feine Umrisse zu sehen, die man sich gut als menschliche vorstellen kann.«

Evelyn Dolan war überrascht, aber nicht überzeugt. »Was bedeutet das denn?«

»Dass Ihr Ex-Mann nicht nur die Spuren aufgenommen hat, sondern auch die beiden Personen, die sie hinterlassen haben. Die Spuren sind zu sehen, die Personen nicht.«

Mrs. Dolan schüttelte den Kopf. »Ja, wenn Sie das meinen. Aber ich verstehe es nicht.«

»Die Personen haben sich eben nicht fotografieren lassen«, sagte Bill. »Wahrscheinlich wollte Luke mir einen Film vorführen, auf dem ich genau das zu sehen bekam. Er ging auf Nummer sicher und hat noch Fotos von den wichtigen Bildern geschossen. Das ist meine Interpretation, und ich nehme an, dass sie stimmt.«

»Menschen, die sich nicht fotografieren lassen«, murmelte Evelyn. »Das ist seltsam.«

»Ob es Menschen sind, weiß ich nicht«, sagte Bill.

»Was dann?«

Der Reporter schaute seine Frau an, und Sheila nickte ihm zu. Ein Zeichen, dass er sprechen sollte.

»Es gibt Wesen, die sich nicht fotografieren lassen, Mrs. Dolan. Die auch, wenn sie an einem Spiegel vorbeigehen, so gut wie nicht zu sehen sind.«

Evelyn Dolan wollte lachen. Es misslang ihr. So schüttelte sie nur den Kopf und fragte sehr leise: »Von welchen Wesen sprechen Sie denn, Mr. Conolly?«

Die Antwort bekam sie von Sheila. »Mein Mann spricht bestimmt von Vampiren ...«

Es war ein Satz, der Evelyn Dolan geschockt hatte. Sie saß zwischen den Conollys und konnte nichts sagen. Hastig griff sie nach ihrem Glas und trank es leer.

Schließlich brachte sie nur ein Wort hervor. »Vampire?«

»Ja!«

Ihr Blick irrte von Sheila zu Bill und wieder zurück. »Das soll ich Ihnen glauben?«

»Sie müssen nicht«, sagte der Reporter. »Aber ich habe Ihnen nur die Möglichkeit aufgezählt.«

Sie lachte und schlug mit den Handflächen mehrmals auf die Tischkante. »Wenn ich das akzeptiere, müsste ich davon ausgehen, dass es diese Vampire in der Wirklichkeit gibt und nicht nur im Film oder im Schauerroman.«

»So ist es.«

Evelyn spitzte die Lippen.

»Und mein verstorbener Mann hat sie bei einem Strandspaziergang gefilmt?«

»Davon gehe ich aus.«

Bill erntete ein Kopfschütteln, das mit einem Aufstöhnen verbunden war. »O je, Mr. Conolly. Wie kann ich Ihnen das glauben? Wie ist das überhaupt möglich?«

Der Reporter winkte ab. »Ich denke nicht, dass wir darüber groß diskutieren sollten, Mrs. Dolan. Es ist einfach eine Tatsache, mit der wir uns abfinden sollten.«

Sie runzelte die Stirn. »Woher sollten diese verdammten Vampire denn gekommen sein?«

»Das weiß ich nicht. Ich muss davon ausgehen, dass es sie gibt. Und das ist eine Tatsache!«

»Die Sie nur auf Grund dieser Fotos behaupten?«

»Nein, Mrs. Dolan. Meine Frau und ich haben schon öfter mit diesen Wesen zu tun gehabt.«

Evelyn schaute Sheila an. »Stimmt das?«, fragte sie zweifelnd.

»Leider.«

Evelyn schlug die Hände vors Gesicht. »Das glaube ich einfach nicht. Das kann ich nicht glauben.«

Sheila beruhigte sie. »Bitte, Evelyn, Sie müssen mir glauben. Auch für mich ist es nicht einfach gewesen. Heute noch habe ich damit meine Probleme, aber die Zeichen weisen darauf hin. Ihr Mann wird sie auch als echte Vampire gesehen haben. Er hat dann versucht, einen Beweis zu bekommen, und sie fotografiert. Nicht damit rechnend, dass sich die Blutsauger nicht auf einen Film bannen lassen. Oder so gut wie nicht. Als er das sah, ist ihm sein Kollege Bill Conolly eingefallen. Durch meinen Mann wusste er, dass es auf dieser Welt noch andere Dinge gibt als die, die man mit den eigenen Augen zu sehen bekommt. Und so sind dann diese Fotos entstanden.

»Ja, Sheila, ja. Und jetzt ist Luke tot.«

»Leider.«

»Umgebracht.«

Sheila zuckte mit den Schultern.

»Vielleicht von diesen Vampiren.«

»Wir können nichts ausschließen.«

»Entschuldigt mich mal einen Augenblick«, sagte Bill. Er stand auf und ging mit dem Foto in der Hand auf die Theke zu, hinter der der junge Mann stand, eine Zigarette rauchte und auf den Bildschirm eines kleinen Fernsehers schaute, wo eine Daily Soap lief.

Um Bill kümmerte er sich erst, als sich der Reporter geräuspert hatte.

»Ja, was ist denn?«, fragte er unwillig.

»Ich störe Sie nicht gern, Mister, aber ich möchte Ihnen etwas zeigen.«

»Na und?«

»Nur ein Foto.«

»Ja, lassen Sie sehen.«

Bill schob es über das Holz, und auch der junge Mann mit der Halbglatze rückte näher. Er warf den ersten Blick auf die Fotografie und hob die Schultern. »Was soll das denn bedeuten?«

»Erkennen Sie etwas?«

»Ja. Strand, Wasser und Himmel.«

»Das sehe ich selbst. Meine Frage ist, ob Sie sich vielleicht daran erinnern, wo das Foto wohl geschossen wurde?«

»Am Strand.«

Bill riss sich zusammen. »Das seh ich sogar selbst, ob Sie es glauben oder nicht. Ich gehe nur davon aus, dass Sie sich hier in der Gegend auskennen. Es ist ja nicht weit bis zum Meer. Vielleicht können Sie mir sagen, an welchem Strandabschnitt die Aufnahme gemacht wurde. Ich weiß, es ist nicht einfach, aber es könnte möglich sein, dass Sie sich erinnern. Und völlig umsonst brauchen Sie Ihr Gehirn auch nicht anzustrengen, Mister.«

Der Thekentyp zeigte jetzt mehr Interesse.

Er holte aus einer Schublade eine Lupe hervor und schaute sich das Foto sehr interessiert und intensiv an.

»Nun?«

Der Knabe pfiff vor sich hin. »Ja, Ja«, murmelte er, »da hätte ich vielleicht einen Tipp.«

»Super.«

»Nun ja, ich ...«, er räusperte sich und beugte sich noch tiefer, »ich denke, ich hab's.«

»Meine Ohren sind geöffnet.«

»Das ist in der Nähe des alten Hafens.« Er richtete sich auf. »Ja, da bin ich fast sicher.«

»Hafen?«, fragte Bill. »Meinen Sie den in Folkestone oder den von Dover vielleicht? »

»Quatsch mit Soße. Es gibt auch noch Stellen dazwischen. Südlich der Autobahn, die nicht weit entfernt vorbeiführt.«

»Hat der Hafen auch einen Namen?«

»Nun ja. Old Harbour.«

»Leben dort Menschen?«

»Hin und wieder im Sommer. Da wird dann gezeltet. Der richtige Ort lieg hinter den Dünen.«

»Und heißt?«

»Old Harbour. Wie der Hafen.«

Bill war der Meinung, sich einen Whisky gönnen zu können.

Auch die Halbglatze bekam einen spendiert, dann legte Bill eine Zehn-Pfund-Note unter das Glas. Nach dem Zuprosten stellte er seine nächste Frage.

»Es mag Ihnen zwar komisch vorkommen, aber ich würde gern wissen, ob es in Old Harbour etwas Besonderes gibt. Das kann durchaus mit den Menschen und deren Verhalten zu tun haben. Manchmal sind so einsam lebende Dörfler ja komisch.«

»He, was soll das? Wir leben auch einsam.«

Bill winkte ab. »Aber nicht so wie die«, sagte er in einem verschwörerischen Tonfall.

Halbglatze fühlte sich gebauchpinselt und hob etwas verlegen die Schultern. »Wenn ich ehrlich sein soll, dann haben Sie schon Recht. Da unten wohnt schon ein komisches Volk. Die sind ganz für sich. Verstehen Sie?«

»Nicht direkt.«

»Nun ja, die wollen keinen Kontakt. Die haben sogar ihre alte Kirche zugenagelt.«

»Bitte?«

»Wenn ich es Ihnen doch sage.«

»Ja, Ja, ich glaube Ihnen schon. Aber warum haben Sie das denn getan?«

Der Mann breitete die Arme aus. »Wenn ich das wüsste. Aber da können Sie hier in Ewell fragen, wen Sie wollen. Sie werden keine vernünftige Antwort bekommen. Es herrschte auch die Meinung, dass sich dort eine Sekte zusammengefunden hat. Wenn man mal einen von denen zu Gesicht bekommt, dann sehen die Leute wirklich komisch aus.«

»Ähm ... komisch?«

»Nicht verkleidet. Sie sind so blass. Sie sind auch ruhig. Sie bewegen sich langsam. Sie wollen mit uns nichts zu tun haben und leben ausschließlich für sich. Auch wir haben Zeitungen und die Glotze. Man liest und hört viel. Auch über diese komischen Sekten, von denen viele den Untergang der Welt herbeisehnen. Manche bringen sich sogar in der Gruppe um. Das glaube ich von denen zwar nicht, aber ausschließen will ich es auch nicht.« Er wandte sich der Zapfanlage zu, weil Gäste Bier bestellt hatten.

Bill glaubte nicht, dass er noch mehr erfahren würde. Deshalb legte er eine zweite Banknote auf die Theke und ging wieder zurück zu den beiden Frauen.

Die schauten ihn an. Sheila wusste sofort Bescheid. »Du hast etwas erfahren, nicht?«

»In der Tat.«

»Und was?«

Bill setzte sich. Mit wenigen Sätzen gab er das zurück, was er gehört hatte .

Sheila schwieg und biss sich dabei auf die Unterlippe. Bill wusste, was in ihrem Kopf vorging. Sie dachte daran, dass es wieder mal losging.

Evelyn Dolan konnte nicht mehr schweigen. »Glauben Sie das denn, was Sie da gehört haben?«

»Warum hätte mich der Mann anlügen sollen?«

»Weil so etwas doch ...«

»Jetzt sagen Sie nicht, unmöglich ist. Denken Sie an die Fotos. Die sind auch echt.«

»Stimmt, Mr. Conolly. Trotzdem haben Sie keinen hundertprozentigen Beweis.«

»Den werden wir uns verschaffen, denke ich.«

Evelyn schwieg einige Sekunden lang. Dann nickte sie Bill zu und schnippte mit den Fingern. »Wissen Sie was?«

»Nein.«

»Ich fahre mit Ihnen dorthin. Ich denke doch, dass Sie sich diesen Ort anschauen wollen, wo jemand eine Kirche entweiht hat.«

»Das schon, aber ...«

»Nein, nein, nein, Mr. Conolly. Sagen Sie bitte nicht, dass es zu gefährlich für eine Frau ist. Ich habe gelernt, mich allein durchzuschlagen, und kann mich auch wehren.«

»Auch gegen Vampire?«, fragte Sheila.

Evelyn Dolan verdrehte die Augen. »Noch gibt es für mich keinen konkreten Beweis. Erst wenn ich sie mit eigenen Augen sehe, stimme ich Ihnen zu.«

»Da ist es oft schon zu spät.«

»Das kriegen wir schon gebacken.« Evelyn Dolan

lachte. »Ich hätte nie gedacht, dass mein Leben einen derartigen Spannungsbogen erhält. Wirklich nicht.«

Sheila sagte nichts mehr. Sie wusste, dass sich die Frau nicht überzeugen lassen würde. So etwas kannte sie auch von ihrem Mann. Glücklich war sie über die Entwicklung keineswegs, und sie bedachte Bill auch mit einem entsprechenden Blick.

Er kannte ihn, lächelte und zuckte die Achseln. »Aber ich möchte dich beruhigen. Sheila.«

»Wieso? Ich habe mich noch nicht aufgeregt.«

»Nicht nach außen hin. Gezahlt habe ich schon. Wir können gehen. Aber draußen werde ich noch ein Telefongespräch führen. Wenn John Sinclair sich beeilt, kann er am frühen Abend hier eintreffen. Dann haben wir die Vampirnacht noch vor uns.«

Sheila schüttelte den Kopf. »Du hast vielleicht Nerven ...«

Ich hielt die Waffe mit beiden Händen fest und konzentrierte mich. Die Zielscheibe verschwamm für einen Moment vor meinen Augen, was nicht gut war.

Ich riss mich zusammen, holte Luft und nahm einen erneuten Anlauf. Jetzt klappte es. Sogar die Ringe waren deutlich zu sehen und auch die dunkle Mitte.

Dort sollte ich treffen.

Sechs Schuss, sechs Treffer.

Danach ging alles sehr schnell. Meine Ohren waren geschützt, so hörte ich den Lärm der Abschüsse nur gedämpft. Wo die Kugeln einschlugen, war nicht genau zu sehen, aber ich wusste, dass ich die Zielscheibe nicht verfehlt hatte.

Nach einigen Sekunden ließ ich die Waffe sinken

und legte sie neben mir auf den Tisch. Danach entfernte ich den Ohrenschutz und hörte hinter mir ein Räuspern.

McDuff, der alte Ausbilder und Schotte hatte es ausgestoßen. In seinem faltigen Gesicht war kein Grinsen zu sehen, eher ein Ich-weiß-nicht-Ausdruck.

»Gut?«, fragte ich.

»Gut ist nicht gut genug, John. Man kann immer noch besser werden. Das muss man als guter Polizist.«

»Also was?«

»Ich hole mal die Scheibe ran.«

Früher wurde noch mit der Hand gekurbelt. Heute rollte sie durch die Kraft eines Elektro-Motors getrieben auf der Schiene in unsere Richtung.

Sie blieb genau an dem Punkt stehen, der für uns ideal war. Beide konnten wir uns das Ergebnis anschauen.

Sechs Schüsse hatte ich abgegeben. Wie schon erwähnt, die Scheibe hatte ich nicht verfehlt, aber der alte McDuff war nicht zufrieden, denn er schüttelte den Kopf.

»Suko war besser.«

Ich verdrehte die Augen. »Es gibt immer bessere Schützen als ich. Das weißt du.«

»So sollte man aber nicht denken.« Er deutete mit dem Finger auf die Löcher. »Zwei Kugeln sitzen im Zentrum, das ist super. Zwei andere sind dicht dabei. Kann man auch noch akzeptieren. Aber die restlichen beiden sind ziemlich weit außerhalb. Ich würde von Streifschüssen sprechen, und das ist nicht gut.«

Ich holte mir die Schwenklampe näher heran und schaute genau hin. Der alte Fuchs hatte Recht. Zwei

Kugeln hatten wirklich an den Außenseiten Löcher hinterlassen.

»Das bedeutet was?«

McDuff grinste. »Dass es schlechtere Schützen gibt als dich, John.«

»Danke.«

»Aber auch bessere.«

Ich fletschte die Zähne und zeigte ein wölfisches Grinsen. »Ich mag deine Art, andere Menschen aufzuheitern. Wirklich, McDuff. Ich bin hellauf begeistert. Entlässt du mich trotzdem? Oder muss ich weiter üben?«

»Nein, nein, du kannst gehen.«

»Sehen wir uns heute Abend zum Bier?«

»Ich rufe an.«

»Wieso? Hast du keine Zeit?«

»Doch, das schon. Aber als du hier geschossen hast, erreichte mich ein Anruf. Da verlangt jemand nach dir.«

»O je. Und wer?«

»Sir James.«

Ich ahnte schon, dass wir den Abend streichen konnten. Sir James wartete auf meinen Rückruf. Ich wollte ihn auch nicht zu lange warten lassen.

»Dann später«, sagte ich und klatschte mich mit McDuff ab.

»Ja, und gib auf dich Acht.«

»Das habe ich so an mir.«

Suko hatte seinen Turn schon hinter sich. Er wartete in der Kantine auf mich. Die Tasse Tee stand vor ihm. Ich entschied mich für einen Kaffee, der so schmeckte wie immer. Ziemlich labberig. Kein Vergleich zu dem Getränk, das Glenda Perkins braute.

Als hätte Suko schon alles gewusst, so grinste er mich an. »Und? Wie ist es gelaufen?«

»Du bist besser gewesen.«

»Tatsächlich?«

»Tu nicht so scheinheilig. Jedenfalls habe ich die Scheibe nicht verfehlt.«

»Brauchst du eine Brille, John?«

»Nein, nur ab und zu eine Klobrille. Und jetzt brauche ich auch mein Handy.«

»Was ist los?«

»Ich soll Sir James zurückrufen.«

»Das hört sich nicht eben gut an.«

»Du sagst es.«

Ich lehnte mich zurück und wählte die entsprechende Nummer, die ich nicht einprogrammiert hatte. Das wollte ich aber ändern.

Sir James hob schnell ab. »Ach ja, John, hat etwas länger gedauert.«

»Ich musste noch schießen.«

»Erfolgreich?«

»Einigermaßen.«

»Also nicht besonders.«

»Das kann man so auch nicht sagen, Sir. Aber bitte, worum geht es?«

»Bill Conolly rief mich an. Er verlangt nach Ihnen und auch nach Suko, wenn möglich.«

»Und wann?«

»Sofort. Allerdings ist er nicht hier in London, sondern an der Südostküste. Er meinte, dass Sie es bis zum Anbruch der Dunkelheit eventuell schaffen könnten. Er und Sheila sind schon länger in diesem kleinen Ort Old Harbour.«

»Gut. Hat er auch gesagt, um was es geht?«

»Er sprach von Vampiren.«

Nach dieser Antwort verlor ich meine Lockerheit. »Wo steckt der gute Bill?«, hakte ich nach.

»Old Harbour.«

»Dann werden Suko und ich nicht mehr zurück ins Büro kommen.«

»Das denke ich auch, John. Bevor es Nacht wird, sollten Sie wirklich dort sein.«

»Wir werden uns bemühen, Sir.«

Es war kein weiter Weg bis zu dem neuen Ziel, und sie waren wieder mit zwei Autos gefahren. Über Nebenstraßen fuhren sie in Richtung Süden und damit auf dem direkten Weg der Küste entgegen. Es waren nur wenige Kilometer, und die Strecke führte sie auch an einer alten Abtei vorbei, die auf einem flachen Hügel stand und wie ein Wächter das von Dünen bestimmte Land überblickte.

Die Straßen waren eng und teilweise auch neu gebaut worden, denn hier führte auch der Kanal-Tunnel unterirdisch im weiten Bogen bis nach Dover. Die Schnellstraße A20 unterquerten sie und gerieten danach in Sichtweite des Meeres.

Die Nordsee dünte im ewigen Rhythmus gegen die Klippen und das flache Ufer heran, von dem in dieser Gegend nicht viel zu sehen war. Nur kleine Abschnitte. Da überwogen schon die hohen Klippen, nicht weit entfernt von den berühmten Kreidefelsen der Stadt Dover.

Sheila hielt sich mit Bemerkungen zurück, was Bill wunderte.

»Du bist so schweigsam.«

»Kein Wunder. Ich hatte mir die Reise anders vorgestellt.«

Bill musste lachen. »Klar, ich irgendwie auch. Und ich schwöre dir, dass ich nichts von dem gewusst habe, was auf uns zugekommen ist.«

»Du wirst lachen, Bill. Das glaube ich dir sogar. Sonst hättest du nicht so schnell zugestimmt, dass ich mitfahre.«

»Kismet.«

»Was meinst du?«

»Es ist unser Schicksal, dass wir immer wieder in die Falle hineinstolpern.«

»Und uns nie daran gewöhnen werden. Zumindest ergeht es mir so.«

Bill schwieg und hob nur seine Augenbrauen an. Er schaute in den Spiegel. Evelyn Dolan war mit ihrem Z3 noch hinter ihnen und hielt den Abstand bei.

»He, warum schweigst du jetzt?«

»Gewöhnen kann ich mich auch nicht daran. Ich habe gelernt, die Dinge zu akzeptieren.«

»Das ist bei mir fast auch so.«

Die Straße wurde schlechter. Der Wind hatte Sand über die Fahrbahn geweht, der liegen geblieben war. Bill fuhr langsamer. Von der Siedlung Old Harbour war noch nichts zu sehen. Das änderte sich jedoch, als die schmale Straße an Höhe verlor und die beiden Wagen in die Dünenlandschaft eintauchten.

Es war noch hell. Ein klarer Himmel sorgte dafür, dass es auch lange so bleiben würde. Und wenn sich die Dunkelheit herangeschlichen hatte, würde sich auf dem blauschwarzen Teppich auch der Mond als Kreis abzeichnen.

Vampirwetter, dachte Bill.

Sheila hatte bereits die ersten Häuser gesehen und sich nach vorn gebeugt. »Da unten sind sie. Da ist auch der Hafen. Sieht aus wie ein Ort, den die Zeit vergessen hat.«

Da musste Bill seiner Frau Recht geben. Die wenigen Bauten verteilten sich in einer kleinen Bucht, und es war sogar der Umriss der zweckentfremdeten Kirche zu erkennen. Das Gebäude besaß zwar keinen hohen Turm, doch es stach in seiner Größe von den anderen ab. Es war wesentlich breiter gebaut. Der kleine Glockenturm wirkte wie eine spitze Mütze auf dem Dach.

Auch der Strand war nicht weit weg. Die Wellen schlugen dagegen und hinterließen einen breiten Bart. Im Hafen, den eine natürliche Mauer zur See hin schützte, dümpelten einige Boote. Nichts Aufsehenerregendes. Boote, die nicht mal Kuttergröße besaßen und nur für die nahe Küstenfahrt geeignet waren.

»Was machen die Menschen wohl bei Sturmflut?«, fragte Sheila.

»Nichts.«

»Wieso?«

»Wenn der Wind aus Westen kommt, was zumeist der Fall ist, treibt er das Wasser ja weg. Bei Ostwind sind sie so nahe nicht am Wasser, um gefährdet zu sein. Da haben es die Menschen an den Flüssen nicht so gut, wie man ja immer wieder sehen kann. Old Harbour liegt tatsächlich recht geschützt.«

Für den tiefliegenden Porsche war die Strecke schlecht. Immer wieder hörte Bill das Kratzen unter dem Bodenblech. Dabei verzog er jedes Mal sein Gesicht, aber es gab keine andere Möglichkeit für sie.

Sheila konzentrierte sich mehr auf den Ort. »Ich

sehe keine Autos und auch keine Menschen. Das scheint ein Geisterdorf zu sein. Die haben sich alle in ihren Häusern verkrochen. Warum wohl? Das Wetter ist gut.«

»Sie warten auf den Vollmond.«

»Und auf die Vampire?«

»Kann sein.«

»Willst du direkt bis in den Ort fahren oder vorher anhalten«

»Vorher.«

»Und dann?«

»Werden wir versuchen, die Kirche zu besichtigen.«

»Einverstanden. Trotzdem gefällt mir nicht, dass wir noch eine dritte Person bei uns haben.«

»Hast du es verhindern können?«

»Leider nicht.«

»Eben.«

»Dann kann ich nur hoffen, dass John Sinclair früh genug hier erscheint. Hoffentlich bringt er Suko mit. Wo sich zwei Vampire aufhalten, können noch mehr sein.«

»Mal den Teufel nicht an die Wand.«

Sie hatten die Strecke hinter sich und befanden sich jetzt auf gleicher Höhe mit den Häusern und der Kirche. Platz zum Parken gab es genug. Beide stiegen aus und merkten auch den Wind, der gegen ihre Gesichter schlug.

Sie stellten die Kragen ihrer Jacken ebenso hoch wie Evelyn Dolan den Kragen ihres Mantels. Die Frau hatte ihren Z3 schräg hinter dem Porsche geparkt und kam mit langsamen Schritten näher.

»Wenn ich ehrlich sein soll, gefällt mir diese Umgebung überhaupt nicht.«

»Sie können wieder zurückfahren«, schlug Bill vor.

»Nein, nein, das möchte ich nicht. Mitgefangen – mitgehangen. Außerdem bin ich das meinem Ex-Mann schuldig. Er war nicht schlecht. Er war sogar toll, aber wie das so ist.« Sie zuckte die Achseln. »Wir haben uns leider auseinander gelebt und entwickelt. Da kann man nichts machen.«

Evelyn trat zwischen die beiden Conollys. »Und was sagen Sie zu dieser Umgebung?«

»Ich kann mir bessere vorstellen«, erwiderte Sheila. »Das ist nicht der Strand, wie ich ihn liebe. Ich glaube nicht, dass ich hier Urlaub machen möchte.«

»Da können wir uns ja die Hand reichen.« Mrs. Dolan ging zwei Schritte vor. Sie schüttelte den Kopf, sodass ihre roten Locken wirbelten. »Das Dorf ist menschenleer, wie mir scheint. Da kann man schon von einer Geisterstadt reden. Kulissen. Potemkinsche Dörfer. Als hätte man vergessen, die Kulissen nach dem Abdrehen eines Films wegzuräumen. Oder sehen Sie das anders?«

Im Augenblick noch nicht. Verlassen sollten wir uns darauf nicht. Man hat Bill ja gesagt, dass die Leute, die hier leben, sehr scheu Fremden gegenüber sind.«

»Das ist noch positiv ausgedrückt.«

»Wenn Sie das sagen, Evelyn.«

»Was machen wir zuerst?«

»Bill und ich hatten gedacht, dass wir uns mal die Kirche vornehmen.

»Die zweckentfremdet wurde.«

»Auch das.«

Evelyn zog ihre Schultern in die Höhe. »Und was glauben Sie dort zu finden?«

»Keine Ahnung.«

Sie verzog den Mund. »Götzen? Den Teufel ...?«

»Wie kommen Sie darauf?«

»Wenn eine Kirche zweckentfremdet wird, kann sie doch nur dem Teufel geweiht sein.«

»Das wird sich noch herausstellen. Sie dürfen auch die Vampire nicht vergessen.«

Evelyn drehte sich um. Sie tat das Gleiche, was Bill schon hinter sich hatte, denn er suchte auch nach der Stelle am Strand, die auf den Bildern zu sehen war.

Sie entdeckten nichts. Die Gegend war ihnen einfach zu fremd. Da hätten sie schon das kleine Stück in Richtung Westen Schritt für Schritt absuchen müssen.

Evelyn schaute gegen den Himmel. Da waren sie schon unterwegs zur Kirche. »Wie lange wird es noch hell bleiben? Ich hoffe, dass es Ihr Freund schafft.«

»Manchmal vollbringt er Wunder«, sagte Sheila und achtete nicht auf Bills Räuspern.

»Ist er ein Supermann?«

»Noch besser.«

Sheila erhielt einen Stoß gegen die Seite. »Sie wollen mich auf den Arm nehmen.«

»Es ist gut, wenn er kommt.«

Trotz allem besaß die Gegend hier ihren Reiz. Es lag auch am Wetter, an einem klaren Himmel und ebenfalls an der klaren Luft, in der noch die Sonne gut zu sehen war. Sie war den gesamten Tag über nicht verschwunden und zeigte sich auch jetzt. Allerdings schon verändert, denn sie hatte einen rötlichen Schimmer bekommen, der immer mehr der Farbe einer Orange glich.

Sie würde im Westen verschwinden, aber dabei nicht ins Meer eintauchen, sondern hinter den Hügeln.

Bill konzentrierte sich auf die Kirche. Sie stand nicht in der Mitte des Ortes, sofern man bei ihm überhaupt von einer Mitte sprechen konnte. Jedenfalls war sie recht nahe an das Wasser gebaut worden, nur geschützt durch einige wellige Dünen. Jenseits davon lag der kleine Hafen mit seiner breiten gepflasterten Mole.

Auch dort stand niemand, um auf die dümpelnden Boote und das Wasser zu schauen. Old Harbour war leer.

Trotzdem glaubte Bill nicht daran. Die ersten Häuser begrüßten sie. Bauten aus Stein und Holz. Letzteres war durch die salzige Luft zum Großteil verwittert und sah aus wie altes Gebein.

Es gab doch Leben, denn hinter einigen Fenstern brannten trübe Lichter. Manchmal war auch der Umriss eines Menschen zu sehen, doch es verließ niemand sein Haus. Als hätte jeder Bewohner Angst davor, etwas Unheimliches zu treffen, das ihn letztendlich das Leben kostete.

Wenn sie zur Kirche wollten, mussten sie die sandige Straße verlassen und nach rechts gehen. Um den Bau herum hatte sich der strohige Strandhafer regelrecht in den Boden hineingefressen und trotzte Wind und Wetter.

»Nicht mal eine Kneipe sehe ich«, sagte Evelyn leise. »Verdammt komischer Ort. Wäre ich allein hier, hätte ich mich schon längst auf den Weg nach Hause gemacht.«

»Angst?«, fragte Sheila.

Evelyn strich über ihre Wange. »Nicht unbedingt. Nur ein komisches Gefühl. Schon etwas bedrückend, das muss ich zugeben.«

Bill winkte nach rechts. »Lasst uns zur Kirche gehen. Dort sehen wir weiter.«

»Glauben Sie denn, dass es etwas bringt?«

»Haben Sie einen anderen Vorschlag, Evelyn?«

»Man könnte versuchen, mit den Menschen zu reden, die sich hier versteckt halten.«

»Das werden wir noch tun.«

Bill ließ sich nicht mehr länger aufhalten. Er wollte Nägel mit Köpfen machen, wie man so schön sagt. Was er sich in den Kopf gesetzt hatte, zog er auch durch.

Die Strecke war nicht weit. Aus der Distanz hatte es so ausgesehen, als wäre die Kirche aus Holz gebaut worden. Das stimmte nicht. Man hatte sie schon aus Steinen errichtet, die allerdings unter der Witterung gelitten hatten und beinahe so bleich aussahen wie das alte Holz. Die kleinen Fenster waren mehr als Luken zu bezeichnen, und sie lagen recht hoch.

Ein christliches Zeichen war nicht zu sehen. Kein Kreuz schmückte das Dach oder den Turm. Allerdings war er offen. Bei genauem Hinsehen konnten sie die Glocke ausmachen.

Die Sonne war weiter gesunken und hinter den Hügeln verschwunden. Noch breitete sich das blasse Tageslicht aus, auch wenn es mittlerweile einen roten Schimmer bekommen hatte. Der Himmel war schon leicht eingedunkelt, und der Wind hatte an Frische gewonnen. Er streifte die Gesichter der drei Menschen, die nicht mehr weitergingen, sondern auf die graue Tür schauten und sich wunderten.

Sheila sprach aus, was die beiden anderen dachten. »Ich habe gedacht, die Kirche wäre geschlossen. Danach sieht sie mir allerdings nicht aus.«

»Vielleicht nur die Tür«, meinte Bill.

»Ich denke nicht, dass der Typ von der Theke das gemeint hat. Außerdem ist einige Zeit vergangen, seit er zum letzten Mal hier gewesen ist.«

»Wir werden es herausfinden«, sagte Bill. Er wollte sich in Bewegung setzen, als etwas passierte, mit dem keiner von ihnen gerechnet hatte.

Plötzlich fing die Glocke an zu läuten ...

Die drei blieben stehen und wirkten dabei wie in Achtung erstarrt.

Sie sprachen nicht und lauschten dem Klang der Glocke, der sich zwischen den Hügeln verlor.

Ein dünner Klang. Erinnerte an eine Totenglocke. Es war Sheila, die diesen Vergleich aussprach.

Bill, der seine Überraschung überwunden hatte, räusperte sich, bevor er sprach. »Von selbst läuten die Glocken nicht«, sagte er mit leiser Stimme. »Da muss schon jemand in der Kirche sein und an den Strängen ziehen, denke ich.«

»Warten wir?«, fragte Sheila in den Klang hinein.

»Ich denke schon.«

»Und dann?«

»Werde ich vorgehen.«

Sheila schwieg. So wusste Bill nicht, ob sie zustimmte oder dagegen war. Im Moment spielte es keine Rolle. Sie wollten warten, bis der Klang vorbei war, der mittlerweile seinen Höhepunkt erreicht hatte und nicht mehr so blechern über das Land wehte. Er war voller geworden, es schwang mehr Botschaft oder Gefühl darin mit, aber er erreichte trotzdem nicht die Botschaft normaler Kirchenglocken. Man konnte eher das Gefühl haben, etwas Abstoßendes und Kaltes zu erleben, das letztendlich in eine Warnung mündete.

Während die beiden Frauen dicht beisammen standen und auch auf den Glockenturm schauten, hatte sich Bill gedreht. Er wollte herausfinden, ob das Läuten der Glocke Erfolg gebracht hatte. Normalerweise ruft der Klang einer Glocke die Menschen aus den Häusern. Hier in Old Harbour war das nicht der Fall.

Weder eine Tür noch ein Fenster öffnete sich, um die Bewohner zu entlassen. Die Glocke läutete beinahe umsonst. Genau das wollte Bill nicht akzeptieren. Diese Klänge mussten einen Grund haben, denn nichts geschah ohne.

Allmählich verlor sich der Schall. Er schien sich zusammenzuziehen, und auch die Glocke im Turm, die durch ein Sichtfenster gut zu sehen war, pendelte allmählich aus.

Ein paar letzte, blechern klingende Schläge noch, dann waren auch diese Echos verweht.

Ruhe legte sich über Old Harbour. Wäre nicht das Rauschen der See gewesen, wäre es völlig still gewesen.

»Und was machen wir jetzt?«, fragte Sheila nach einem schweren Atemzug.

»Jetzt werden wir abwarten, ob der Glöckner erscheint.«

»Damit rechnest du?«

»Klar. Er wird in der Kirche nicht übernachten wollen, denke ich mir.«

Die normale Tür lag vor ihnen. Es war möglich, dass es noch eine zweite an der Rückseite gab, aber auch dann würden sie zumindest etwas hören, wenn sie geöffnet wurde.

»Eine komische Umgebung«, sagte Evelyn. »Oft sind Friedhöfe nahe der Kirche. Zumindest in den Dörfern. Hier kommt es mir vor, als gäbe es überhaupt keinen.«

»Die werden ihre Toten der See übergeben«, sagte Bill. »Wenn überhaupt.«

»Wie meinen Sie das denn?«, fragte Evelyn.

»Ach, lassen wir das.«

»Oder glauben Sie, dass es keine Toten gibt und die Bewohner hier schon tot sind und als Vampire leben?« Evelyn schlug gegen ihren Mund. »O Herr, was sage ich da?«

»Vielleicht sind Sie sogar auf dem richtigen Weg. Man darf nichts außer Acht lassen. Oft wird das Unwahrscheinliche zur Realität, das haben meine Frau und ich oft genug erlebt.«

Eine Knarren störte Bill. Es kam von vorn. Zugleich sahen sie, dass die Kirchentür von innen aufgedrückt wurde und sich ein Mensch darin abzeichnete.

Es war ein Mann, der die Kirche verließ. Er hielt den Kopf gesenkt. Es war nicht festzustellen, ob er die drei Besucher gesehen hatte. Aber er musste der Glöckner sein.

Er schloss die Tür, drehte sich dann um – und schaute die drei Fremden direkt an.

Auch Bill und die beiden Frauen sahen ihn an. Evelyn flüsterte: »Der sieht aus wie aus einem Schauerroman.«

So schaurig kam es zumindest Bill nicht vor. Der Mann trug einen schwarzen Hut mit breiter Krempe. Sie gab auch Schatten, so dass das Gesicht nicht genau zu sehen war. Es kam dem Reporter jedenfalls kantig und auch grau vor.

Eine dunkle Jacke reichte bis zu den Kniekehlen, und auch die Hose in der gleichen Farbe passte dazu. Die Schuhe an den Füßen wirkten wie klobige Becher.

Aus den Ärmellöchern schauten die Hände hervor, zu denen der Begriff Pranken besser passte; kurze, aber dicke Finger, beinahe schon wie Stummel.

»Der gefällt mir nicht«, flüsterte Evelyn. »Scheiße, dabei könnte ich jetzt in meinem Sonnen-Studio sein und mich bräunen.«

»Noch hat er uns ja nichts getan«, sagte Sheila.

»Hoffentlich bleibt das so.«

Auch der Glöckner hatte genug gesehen. Er gab sich einen Ruck und ging von der Tür weg. Dabei schlug er nicht den Weg ins Dorf ein. Er hatte sich ein anderes Ziel vorgenommen. Mit steifen und etwas zombieähnlichen Schritten näherte er sich den Besuchern.

Bill sah jetzt das Gesicht besser, auch wenn der Schatten noch störte. Irgendwie kam ihm der Mann alterslos vor. Es war nicht zu schätzen, wie viele Jahre er auf dem Buckel hatte, aber einen freundlichen Eindruck machte er keineswegs.

In einer Sprech-Entfernung blieb er vor den Besuchern stehen und schaute sie an.

Bill versuchte es mit einem Lächeln. Er hatte keinen Erfolg. Die dünnen Lippen der Gestalt zuckten nicht mal.

Also anders. »Hi«, sagte der Reporter, »ich denke, Sie könnten uns Auskunft geben.«

»Nein!«

Er hatte mit seiner Stimme gesprochen, aber sie klang mehr wie ein Knarren.

Bill blieb freundlieh. »Moment mal, Meister, ich habe noch nicht gesagt, was ich möchte . . .«

»Geht!«

»Gut, verstanden. Und warum sollen wir gehen?«

Der Graue gab wieder eine Antwort.

»Weil es für Fremde nicht gut ist, hier im Ort zu bleiben.«

»Aber Sie haben so schön die Glocken geläutet«, sagte Bill schnell. »Da fühlten wir uns berufen, in die Kirche zu gehen. Das ist nun mal eine alte Tradition.«

»Nicht für euch.«

»Verstehe. Für wen dann?«

»Er ist der Abschied des Tages. Es wird bald dunkel werden. Die Dämmerung, die Nacht und ...«

»Das ist klar. Doch was hat das hier mit Old Harbour zu tun? Das passiert überall.«

Der Graue legte seinen Kopf etwas zurück. So konnte Bill mehr von dessen Gesicht sehen und war über das Aussehen nicht eben begeistert. Bis auf ein paar graue Falten, die wie eingeschminkt wirkten, war die Haut leichenbleich. Es gab auch kein Lippenrot, und die Augen blickten mit ihren ebenfalls grauen Pupillen irgendwie müde und auch deprimiert.

»Hier ist alles anders. Wir leben für uns. Wir wollen keine Fremden. Schon gar nicht in der Dunkelheit. Es ist nicht in unserem, sondern in eurem Interesse.«

»Da haben Sie mich neugierig gemacht.«

»Vergiss deine Neugierde.«

»Nein, ich denke nicht daran. Wer eine Glocke läutet, muss damit rechnen, dass Menschen kommen.« Bill konnte sehr stur sein. »So ist das nun mal.«

Der Graue holte Luft. Es geschah bei ihm sehr schwerfällig. Der Atemzug war von einem tiefen Keuchen begleitet. Danach hörten die drei das leicht wütend klingende Knurren. Dann tat der Mann etwas, was sie überraschte. Er legte den Kopf zur Seite und sorgte dafür, dass seine linke Halsseite freilag.

Bill trat näher. Er sah die ebenfalls helle Haut, aber er sah noch mehr. Zwei rötliche Punkte. Zwei kleine Wunden, im Vampirzahnabstand nebeneinander. Auf den beiden Wunden saßen zwei kleine Krusten. Die typischen Zeichen standen wie kleine Pickelhügel hervor.

Auch Sheila war näher an den Grauen herangetreten, und sie zuckte zusammen.

Der Graue stellte den Kragen der Jacke wieder hoch. »Reicht das für euch?«

»Nein«, erwiderte Bill. »Ich denke, dass du uns eine Erklärung schuldest.«

»Die beiden Male sind Erklärung genug.«

»Aber du bist kein Vampir, verdammt.«

Die traurigen Augen schauten Bill an. »Bist du dir da sicher? Ganz sicher?«

»Ja, das bin ich, denn ich habe noch nie einen Vampir erlebt, der die Luft so einatmet wie du.«

Der Graue wiegte den Kopf. »Es ist unser Schicksal. Es ist alles vorbestimmt. Für uns besonders. Wir haben es getan, und wir werden damit existieren müssen.«

»Was habt ihr denn getan?«

»Wir haben es uns selbst zuzuschreiben. Jetzt müssen wir dafür bezahlen. Er zeigte ihnen seine ausgebreiteten Hände. »Geht so schnell wie möglich. Verlasst den Ort. Hütet euch vor der Kirche. Sie ist nicht mehr das, was sie mal war. Er deutete auf seine linke Halsseite. »Wir sind anders.«

Mehr sagte er nicht. Er drehte sich zur Seite und ging mit steifen Schritten den Häusern entgegen, die bereits erste Schatten abgaben, sodass der Mann von ihnen aufgesaugt wurde.

Bill und auch die beiden Frauen mussten zunächst verkraften, was sie gehört hatten. Dabei fand Sheila als Erste die Sprache wieder.

»Er soll kein Vampir sein, Bill? Hast du das gehört?«

»Sicher.«

»Aber was ist er dann, wenn nicht ein Vampir?«

»Er hat geatmet.«

»Ja, und er war trotzdem anders als ein normaler Mensch. Du hast ihn dir nur anschauen müssen. Seine Bewegungen, sein Gehabe, alles das kam mir verändert vor. Wie versteinert und viel langsamer als bei uns normalen Menschen.«

»Er ist auf dem Weg«, sagte Bill.

Das hatte Sheila verstanden. »Ja, sie sind hier wohl alle auf dem Weg. Aber durch wen?«

Bill zuckte die Achseln. Das ist die große Frage. Ich weiß es nicht, aber ich bin sicher, dass wir es herausbekommen werden.« Er deutete auf die Kirchentür. »Da hinter muss irgendetwas sein, das die Lösung näher bringt.«

Evelyn Dolan war mit ihren Gedanken woanders. Sie schaute auch nicht auf die Kirche, sondern in den Himmel. Mit leiser Stimme fragte sie: »War Luke auch ein Vampir, bevor er verbrannte?«

Bill wusste, dass er der Frau eine Antwort geben musste, auch wenn die Worte sie nicht unbedingt zufrieden stellen würden. »Ich glaube nicht, dass er ein Vampir gewesen ist, Evelyn.«

»Glauben oder wissen?«

»Wissen!«

In ihren Augen flackerte es. »Was macht Sie denn so sicher, Bill?«

»Als Vampir hätte er mich nicht angerufen. Er kennt mich. Er weiß, wie ich zu den Blutsaugern stehe. Nein, nein, Sie brauchen sich da keine Sorgen zu machen. Er ist als Mensch gestorben und nicht als Blutsauger.«

»Danke. Daran habe ich nicht gedacht.« Rührung überkam sie, und wieder musste sie Tränen aus den Augenwinkeln tupfen.

Bill hatte sich wieder seiner Frau zugewandt. Sheila fragte ihn: »Bleibt es dabei, dass wir uns die Kirche von innen anschauen?« Sheila nagte an der Unterlippe.

Bill legte seinen Arm um sie. »Was ist mit dir? Was bedrückt dich so stark?«

Sie lächelte etwas verloren.

»Ach, ich weiß nicht so genau. Ich frage mich nur, ob wir nicht besser auf John Sinclair warten sollen. Wer weiß, wozu es gut ist ...«

»Nein, das auf keinen Fall. Noch ist es hell. Und sollte es echte Vampire hier geben, dann hoffe ich, dass sie noch nicht erwacht sind.«

»Die nicht, Bill. Denk an die Fotos. Die sind nicht bei Dunkelheit geschossen worden.«

»Stimmt. Aber in der Dämmerung.«

Sheila musste lachen. Sie boxte ihrem Mann leicht gegen die Schulter. »Manchmal wünsche ich mir, etwas von deinem unerschütterlichen Optimismus zu haben ...«

»Das kann man lernen. Aber jetzt komm, ich möchte doch nicht zu lange warten.«

Sie gingen nebeneinander her. Keiner von ihnen

redete, doch die Spannung stand wie festgeschrieben auf ihren Gesichtern – und ebenso die Furcht vor der nahen Zukunft ...

Wieder hörten sie das Knarren der Tür. Aber diesmal erlebten sie es anders. Denn jetzt waren sie es, die die zweckentfremdete Kirche betraten, und es kam niemand heraus.

Bill hatte die Führung übernommen. Beide Frauen hatten auch nichts dagegen einzuwenden gehabt. Sie gingen durch die Tür, die Bill für sie offen hielt.

Bill hatte angenommen, dass die Inneneinrichtung der Kirche zerstört worden war. Zum Glück traf das nicht zu. Es hätte auch nichts gegeben, was hätte zerstört werden können, denn das Innere dieser Kirche war kahl.

Es gab keine Bilder, es waren keine Figuren zu sehen, nur dieses graue und abstoßend wirkende Mauerwerk umgab sie, und es waren auch keine Bankreihen zu sehen. Statt dessen hatte man in der Mitte der kleinen Kirche Stühle aufgebaut.

Nach drei Schritten blieb Bill stehen. Er drehte den Kopf und blickte auf eine nicht sehr lange Querwand. Die Neugier trieb ihn dazu, hinter die Querwand zu schauen. Dort führte eine schmale Treppe zum Glockenturm hoch.

Sheila und Evelyn warteten auf ihn. Beide schauten ihn aus großen Augen an. Bill brauchte kein Hellseher zu sein, um zu wissen, dass ihnen die Umgebung nicht gefiel.

»Und?«

»Es ist unheimlich«, flüsterte Sheila.

Evelyn nickte dazu. Sie schaute sich unbehaglich um.

»Weißt du, was ich denke, Bill?« Sheila holte kurz Luft. »Hier hält sich etwas verborgen, das wir nicht sehen. Versteckt in den Wänden, dem Boden, der Decke. Das ist ein zurück gebliebener Geist. Einfach das Böse.«

»Ja.«

Sheila schwieg. Wie auch Bill schaute sie sich um. Es waren die kleinen Fenster, die das letzte Licht durchließen. Nichts Helles mehr. Da schickte die Sonne keine Strahlen, das graue Licht der einsetzenden Dämmerung fiel in die kleine Kirche hinein und brachte die Düsternis.

»Ich gehe mal durch«, sagte Bill.

Sheila fasste ihn an. »Und dann?«

»Nichts. Wieso?«

»Du solltest vorsichtig sein.«

Er winkte ab.

»Bisher ist nichts passiert. Außerdem ist es draußen noch hell. Es ist keine Vampirzeit. Aber keine Sorge, ich weiß schon, auf mich Acht zu geben.«

»Ja, gut ...«

Bill ließ die Frauen zurück.

Er hatte den Eindruck, dass es auf der gegenüber liegenden Seite noch dunkler war, aber in der Dunkelheit baute sich auch etwas auf oder schob sich hervor.

Es war ein Denkmal. Es wurde von Schatten umwallt, aber auch von einem fahlen Lichtstreifen, der sich seinen Weg durch die Decke nach unten bahnte. Bill sah es nicht, er glaubte nur, dass sich unter oder in der Decke eine Öffnung befand, durch die das Tageslicht in einer langen Bahn sickern konnte, um das Ziel und den Mittelpunkt dieser ungewöhnlichen Kirche zu erreichen.

Bill bewegte sich mit möglichst lautlosen Schritten. Obwohl er sich von diesem noch nicht erkennbaren Gegenstand angezogen fühlte, fragte er sich, ob er alles richtig gemacht hatte. Er bewegte sich auf fremdem Terrain und konnte sich leicht vorstellen, ein Tabu gebrochen zu haben. Dieses ungewöhnliche Haus, das er selbst nicht als Kirche ansehen wollte, passte ihm überhaupt nicht. Er war darin ein Fremdkörper, der von dem, was zwischen den Mauern steckte abgestoßen wurde.

Der Reporter konnte es sich nicht erklären. Auf der anderen Seite war er kein Neuling in diesem Geschäft. Er kannte die Gesetze und die Regeln, nach denen die Mächte der Finsternis existierten.

Etwas Böses umgab ihn. Jeder Stein in der Mauer schien dieses Böse auszuatmen. Es traf ihn wie ein kalter Hauch, und aus der Düsternis schälte sich das, was er am Eingang der Kirche noch verschwommen gesehen hatte, immer deutlicher hervor.

Wenn ihn nicht alles täuschte, waren es zwei Gestalten. Menschliche Maße, aber größer als Menschen, was daran lag, dass die Gestalten erhöht standen.

Man hatte sie auf einen Altar gestellt. Es waren die Beherrscher der Kirche, die Götzen, denen das Haus geweiht worden war. Düster und abstoßend. Von ihnen ging ein Flair aus, mit dem Bill seine Schwierigkeiten hatte. Auch als er noch näher herangekommen war, konnte er sie kaum besser sehen.

»Bill?« Sheilas ängstliche Stimme wehte durch die Kirche.

Er blieb stehen und drehte sich um.

»Was siehst du?«

»Zwei Gestalten.«

»Und?«

»Sie sehen aus wie versteinert.«

»Vampire?«

»Nein oder ja. Ich weiß das nicht so genau. Es ist einfach zu düster, und ich habe auch keine Lampe.«

»Willst du nicht lieber zurückkommen?«

»Ich will sie genauer sehen. Noch ist es etwas hell.«

»Aber gib Acht!«

»Keine Sorge.«

Bill hatte seine Frau beruhigt. Er selbst war nervöser geworden. Seine Hand fuhr unter die Jacke. Dort steckte die Beretta, die ihm schon manches Mal einen guten Dienst erwiesen hatte.

Er suchte die starren Figuren nach irgendwelchen Hinweisen auf Gefahren ab, aber er entdeckte nichts. Sie blieben unbeweglich. Sie waren dunkel, was auch an ihrer Kleidung lag. Sie standen hochaufgerichtet und schauten in die Kirche hinein. Bill fiel auf, dass ihre Gesichter heller waren. Allerdings nicht weiß oder mit normaler Hautfarbe versehen, nein, sie kamen ihm wie gezeichnet vor. Bemalt mit dunkler Asche, sodass auf der helleren Haut Streifen oder kleine Gräben zu sehen waren.

Das Licht sickerte von oben her durch die Öffnung. Es gab den beiden einen blassgrauen Mantel. Der Blick in die Gesichter ließ Bill erneut frösteln. Er dachte daran, dass es nicht unbedingt Statuen sein mussten, auf die er zuging. Das konnte auch etwas anderes sein, was die Menschen hier anbeteten. Er fröstelte noch stärker, und er hörte plötzlich das Stöhnen.

Bill biss sich auf die Zähne. Er hatte das Geräusch nicht ausgestoßen. Es konnte nur von den beiden stammen. Sein Herz schlug schneller, und Erinnerungsfetzen jagten durch seinen Kopf.

Er sah wieder den Film vor sich. Er erinnerte sich an die Spuren im Sand, die von zwei Personen hinterlassen worden waren. Und hier standen zwei vor ihm.

Er zog die Waffe.

Das Stöhnen war verklungen. In den folgenden Sekunden wurde es totenstill. Für ihn gab es keinen Zweifel mehr, dass die beiden lebten. Sie waren nur nach außen hin tot, und sie bestanden auch nicht aus Stein, wie er zuerst geglaubt hatte.

Es war genau die Zeit, die den Vampiren so lag, um allmählich zu erwachen. Die Stunden der Helligkeit hatten sie hier in dieser zweckentfremdeten Kirche verlebt, geschützt durch die Düsternis. Sie brauchten keine Särge. Die Menschen aus Old Harbour konnten sie besuchen, wann immer ihnen danach war.

Er musste schießen. Auch ohne die hundertprozentige Gewissheit zu haben.

Seine Bewegung war von den beiden Frauen nicht unbeobachtet geblieben. Wieder hörte er Sheilas Stimme. Jetzt schwang leichte Panik darin mit.

»Bitte, Bill, was ist . . .«

»Lass mich. Und geht am besten!«

»Aber du hast . . .«

»Ich muss es tun, Sheila!«

Bill ging noch einen Schritt nach vorn. Er wollte auf Nummer sicher gehen und das Ziel auch treffen.

Genau das war sein Fehler, aber das konnte der Reporter nicht wissen. Er trat noch mit dem rechten Fuß auf, als der Boden plötzlich unter ihm wegsackte.

So schnell, dass Bill nichts tun konnte. Er fand nirgendwo einen Halt. Seine Hände schlugen ins Leere. Die wenigen Sekunden dehnten sich zu kleinen Ewigkeiten, und er hatte das Gefühl, an den Füßen in die Tiefe gerissen zu werden.

Bill kippte nach unten.

Erst dann schrie er auf.

Zugleich hörte er den Schrei seiner Frau. Er hallte über den Schacht hinweg, der für ihn zum Verhängnis geworden war. Er konnte nicht feststellen, wie tief der Schacht war. Irgendwann schlug er auf. Seine Füße rammten gegen den Boden. Der Aufprall erwischte ihn bis in seinen Kopf, und unter der Schädeldecke schienen zahlreiche Explosionen stattzufinden.

Dann kippte er nach vorn, als hätte man ihm einen Schlag in den Rücken gegeben.

Mit der Stirn zuerst prallte Bill hart gegen ein Hindernis. Vor seinen Augen funkelten plötzlich Sterne auf, und einen Moment später griff die Bewusstlosigkeit zu.

Bill Conolly sackte auf der Stelle zusammen ...

»Nein!« Es war zuerst nur ein scharfes Flüstern, das aus Sheilas Mund drang. Das nächste Wort wurde zu einem Schrei.

»Neiiinnn ...!«

Sheila war fassungslos. Ihr Mann war plötzlich verschwunden. Es hatte ihn in die Tiefe gerissen.

Die beiden Schreie waren verhallt, und plötzlich wurde es in der Kirche so verdammt still. Sheila stand da wie auf dem Sprung. Sie wollte etwas unternehmen, um ihrem Mann zu Hilfe zu kommen, doch es wäre ein Fehler gewesen.

Das wusste auch Evelyn Dolan. Sie hielt Sheila mit beiden Händen am Oberarm fest. »Hören Sie, Sheila, machen Sie jetzt keinen Unsinn. Tun Sie nichts Unüberlegtes.«

»Aber Bill . . .«

»Er ist in eine Grube gefallen, glaube ich.«

»Ja. Ich muss trotzdem zu ihm und ihn herausholen. Ich kann ihn doch nicht allein lassen.«

»Bitte, Sheila, das hat jetzt keinen Sinn. Sie schaffen es nicht.«

Sie riss sich los.

»Aber ich will wissen, was los ist. Ich kann Bill nicht im Stich lassen!«

»Ich will Sie nicht alleine gehen lassen!«

»Dann kommen Sie mit!«

Sheila war nicht mehr zu halten. Sie stürmte nach vorn. Sie räumte dabei einige Stühle zur Seite, um sich genügend Platz zu verschaffen. Ihr Gesicht war verzerrt. In diesen Augenblicken glich sie einer positiven Furie, die sich nichts gefallen lassen wollte.

»Nicht weiter!«, schrie Evelyn, die sah, dass Sheila im letzten Augenblick angehalten hatte und mit den Armen ruderte.

Evelyn bekam Sheila am Rücken zu fassen und zerrte sie zurück. »Sind sie verrückt? Wollen Sie sich selbst umbringen?«

»Nein! Aber ich will sehen, was mit meinem Mann passiert ist.«

Für die beiden Figuren interessierte sich Sheila nicht. Allein Bill zählte, und sie senkte den Kopf, um in die Tiefe zu schauen. Der Schacht musste einfach ein Ende haben, und sie hoffte, dass Bill sich zumindest durch ein Stöhnen melden würde.

Wieder wurde Sheila von Evelyn sicherheitshalber festgehalten, damit sie keinen Fehler beging. Sie hatte sich einfach zu weit nach vorn gebeugt und war im ersten Moment geschockt, weil sie den Grund des Schachts nicht sah.

Wie von einem Automaten stammend klang ihre Stimme, als sie den Namen ihres Mannes flüsterte.

Aber Bill gab keine Antwort ...

»Bitte ...«

Evelyn dachte praktischer. Neben Sheila und am Rand der Luke kniete sie nieder. Als Raucherin trug sie natürlich auch ein Feuerzeug bei sich. Durchzug herrschte nicht. So brannte die Flamme relativ ruhig, als sie den rechten Arm so tief wie möglich in den Schacht hineinsenkte, um auch den Grund erreichen zu können.

»Da ist er, Sheila!«

»Wo?«

»Auf dem Grund!«

Sheila fiel auf die Knie. Sie beugte sich ebenso weit vor wie auch Evelyn. Beide sahen den Umriss des Körpers, der zusammengekrümmt auf dem Boden des Schachts lag.

Der Schacht war verdammt tief. So tief, dass kein Mensch mit eigener Kraft aus ihm herausklettern konnte, wenn er mal unten lag.

Sheila musste hart schlucken, bevor sie in der Lage war, den Namen zu flüstern.

»Bill ... Bill? Hörst du mich?«

Erst als Sheila einen Schritt nach hinten wich, befand sie sich in einer relativen Sicherheit. Ihre Beine waren weich geworden, was auch Evelyn merkte. Sicherheitshalber stützte sie Sheila Conolly ab.

»Wir müssen ihn da rausholen!«

»Ja, stimmt. Aber wie wollen Sie das schaffen? Das bringen wir beide nicht fertig, glauben Sie mir.«

»Wir müssen ein Seil holen.« Sheila trat mit dem rechten Fuß auf und drehte Evelyn das verzerrte Gesicht zu. »Ich glaube einfach nicht, dass er tot ist.«

»Das will ich auch nicht hoffen. Aber wer wird uns helfen?«

»Es gibt genügend Menschen hier. Ich renne zu den Häusern und hole Hilfe.«

Sheila drehte sich vom Schacht weg zu Evelyn. Deren Augen waren weit aufgerissen, und sie starrte an ihr vorbei.

»Da ...« Evelyn deutete an Sheila vorbei.

Sheila folgte der Richtung des Fingers, der auf die beiden ›Statuen‹ deutete, deren Existenz sie schon vergessen hatte.

Um so brutaler wurde sie daran erinnert!

Es gab sie noch.

Aber sie waren keine Statuen mehr. Alles Täuschung, alles ein Irrtum. Die beiden waren erwacht, sie lebten, und sie drehten sich den beiden Frauen zu ...

Was sie dachten oder ob sie überhaupt etwas dachten, war ihnen nicht anzusehen, denn jetzt waren sie zu Statuen geworden, die unbeweglich auf dem Fleck standen und etwas Unheimliches erlebten. Das Erwachen des Bösen.

Etwas schien sie zu fesseln. Es war unheimlich. Es

war kalt. Es war nicht zu erklären, aber es war vorhanden. Dieser Hauch des Bösen und Grausamen, der von keinem Menschen stammte, sondern aus der Hölle gekrochen sein musste.

Die beiden Blutsauger vor ihnen waren Geschöpfe der Hölle. Wesen der Nacht, der Schrecken vieler Menschen. Die Wesen aus ihren schlimmsten Albträumen.

Vampire ...

Nicht mehr steif, nicht mehr tot. Durch die Dunkelheit erwacht und durch die Hilfe eines schalen Scheins, der sich seinen Weg durch die Dachöffnung bis nach unten bahnte und diese Plattform traf.

Es war der Vollmond!

Er stand perfekt über der Kirche, als hätte ihn jemand gegen den dunklen Himmel gemalt. Sein Licht war ein Streifen, das die beiden dunklen Gestalten erwischte und ihre Gesichter hervorhob. Es waren Fratzen. Grau und trotzdem bleich. Mit breiten Mündern, in dessen Winkeln das getrocknete Blut der Opfer klebte.

Horror live!

Sie bewegten sich. Sie waren noch müde, aber in den dunklen Augen schimmerte bereits die Gier. Sie hatten lange warten müssen, aber der Tag war vorbei, und sie würden in ihre Welt hineingleiten, in diese düstere Herbstnacht.

Keiner von ihnen atmete. Was aus ihren Mäulern drang, war ein unheimlich klingendes Keuchen, vermischt mit einem Knurren, das tief in der Kehle geboren wurde.

Sheila konnte ihren Blick nicht von diesen beiden Gestalten abwenden, die sich glichen.

Wie Brüder ...

Vampir-Brüder!

»Gütiger Himmel«, flüsterte Evelyn. »Das kann nicht wahr sein. Das gibt es nicht. Das ist ein Albtraum.« Sie wich zurück. Schwindel hielt sie umfasst, und sie hatte Mühe, wieder eine klare Sicht zu bekommen.

Sie schaute auf Sheilas Rücken. Die Frau stand unbeweglich vor der Luke. Sie war nicht in der Lage, sich zu bewegen. Im Gegensatz zu den Vampiren.

Alles machten sie gemeinsam. Sie reagierten wie Brüder oder wie Zwillinge. Der eine tat nichts ohne den anderen. Sie streckten ihre Arme vor und schüttelten sich, um den letzten Rest der Müdigkeit aus ihren Körpern zu bekommen. Ihre grauen Gesichter sahen widerlich aus, und sie hatten auch die Mäuler geöffnet, sodass ihre Vampirzähne zu sehen waren.

»Sheila!«

Die Frau reagierte nicht.

»Verdammt, Sheila, wir müssen hier weg!«

»Nein!«

»Komm jetzt!«

»Nein, nein. Bill ist ...«

»Hör auf!«, schrie Evelyn gegen den Rücken der Frau. »Es geht jetzt um uns. Ich will nicht, dass sie mich beißen. Ich will mein Blut behalten. Ich will nicht sterben. Ich bin keine menschliche Zapfsäule ...«

Das alles hatte auch Sheila Conolly gehört, aber die Stimme der Sprecherin schien sich hinter einem Vorhang zu verbergen, so schwach war sie zu hören.

Die Vampir-Brüder wollten nicht mehr auf dem Podest bleiben. Sie hatten sich geduckt. Sie bewegten die Augen, sie suchten bereits nach dem ersten Opfer.

Das musste Sheila einfach sehen. Nur reagierte sie nicht und sah aus wie eine Frau, die sich dem Kampf stellen wollte.

Evelyn konnte es nicht mehr länger mit ansehen. Sie griff ein. Mit beiden Händen umfasste sie Sheilas Hüften. Hart riss sie die Frau zurück und wäre dabei fast zwischen die Stühle gefallen.

Es war genau der richtige Moment gewesen, denn die beiden Untoten duckten sich bereits zum Sprung.

Das bekam Evelyn aus dem Augenwinkel mit. Sie hielt Sheila noch immer fest, wuchtete sie herum und stieß ihr die flache Hand in den Rücken. »Lauf, lauf! Weg hier!«

Beide Frauen rannten auf die Tür zu, und Evelyn hatte noch die Nerven, sich kurz vor der Tür zu drehen.

Jetzt erkannte sie, wie schnell die Blutsauger waren. Sie setzten mit einem langen Sprung über die offene Luke hinweg. Um Bill kümmerten sie sich nicht. Sie wollten die beiden Frauen.

Evelyn riss die Tür auf.

»Hau ab!«, schrie sie.

Beide stolperten in die Dämmerung hinein. Sie hatten die entfremdete Kirche verlassen, aber in Sicherheit waren sie nicht. Die Jagd hatte erst begonnen ...

Bill hatte noch den Reflex besessen und seine Hände schützend vor das Gesicht gehalten. Trotzdem bekam er den Aufprall bis in den letzten Winkel seines Körpers mit. Er hatte das Gefühl, einen gewaltigen Schlag erhalten zu haben. Die Welt um ihn herum explodierte. Plötzlich entstanden Sterne, die wild vor seinen Augen hin- und hertanzten. Er geriet in einen Kreisel hinein, der ihn in die Tiefe zu zerren drohte, und Bill kämpfte verzweifelt dagegen an. Musste sich aber geschlagen geben, denn die Mächte der Bewusstlosigkeit waren stärker. Sie griffen nach ihm. Sie holten ihn sich, sodass er das Gefühl hatte, in einem tiefen, mit schwarzem Wasser gefüllten Teich zu versinken.

Aber der Zustand hielt nicht lange an. Bill konnte es zeitlich nicht abschätzen. Er merkte nur, wie er allmählich erwachte und sich wie von schwebenden Armen in die Höhe gehievt fühlte.

Er schwamm der Normalität entgegen und öffnete auch die Augen. Seine anderen Sinne arbeiteten ebenfalls wieder, wenn auch nur begrenzt.

Er sah nichts!

Dafür erreichten ihn die Schmerzen um so stärker. Er war gefallen, er war aufgeschlagen, und trotz seiner Deckung war der Kopf nicht verschont geblieben.

Auch die Arme und Schultern schmerzten. Das linke Knie war ebenfalls in Mitleidenschaft gezogen worden, und als die Erinnerung allmählich zurückkehrte, da fiel Bill ein, dass er in einen Schacht gefallen war.

Die Kirche. Die Stühle. Das altarähnliche Podest, auf dem die beiden Gestalten gestanden hatten, die nicht aus Stein waren, sondern lebten.

Lebten?

Nein, sie existierten nur, und sie konnten nur existieren, wenn sie vom Blut der anderen tranken.

Vampire also!

Wesen, die verdammt stark waren. Die sich holten, was sie brauchten, und niemals aufgaben.

Sheila, schoss es ihm durch den Kopf. Sheila und Evelyn. Sie waren zurückgeblieben und nicht in die Luke gefallen. Dieser Gedanke putschte ihn plötzlich auf. Die Angst um die beiden ließ ihn seine eigenen Probleme vergessen.

Plötzlich konnte er sich wieder bewegen. Zuerst glitten seine Hände über den feuchten Boden hinweg und bekamen etwas Kaltes zu fassen, dessen Umriss ihm gefiel. Er fühlte sofort, dass es seine Waffe war, die ihm entfallen war.

Besser ging es ihm trotzdem nicht, aber er würde sich verteidigen können.

Bill versuchte, auf die Beine zu kommen. Es gelang ihm halb, dann trieb es ihn nach vorn, ohne dass er dagegen etwas unternehmen konnte. Wieder prallte er gegen die Wand, die zu glatt war, um sich daran festklammern zu können.

Bill fluchte über sich selbst. Sein Gleichgewichtssinn war gestört, aber er dachte nicht an Aufgabe.

Er blieb in der knienden Haltung.

Sein Blick glitt in die Höhe. Er rechnete nicht damit, etwas Besonderes zu sehen, und er sah nur den viereckigen grauen Ausschnitt der verdammten Fallgrube über sich. Dort hatte kein Stein gelegen. Er war auf eine Imitation hereingefallen, und er suchte auch nicht nach irgendwelchen Abdeckungen, die zusammen mit ihm in die Tiefe gefallen waren.

Die Enttäuschung war groß.

Zu hoch lag die Öffnung über ihm.

Auch wenn er sprang, es war nicht möglich, mit den ausgestreckten Händen den Rand zu erreichen. Zudem fühlte er sich so verdammt schwach. Er würde nicht mal die Hälfte der Höhe hinter sich bringen.

Diesmal hatte ihm das Schicksal ein Bein gestellt!

Und Sheila?

Diesmal hörte er sie ebenso wenig wie Evelyn. Er nahm überhaupt nichts wahr, und das lag beileibe nicht an seinem Gehör. Über ihm war die Welt still. Es gab keinen Menschen mehr in dieser verfluchten Kirche, die von zwei Vampiren beherrscht wurde.

Als Bill an sie dachte, sah er sofort das Bild wieder vor seinem geistigen Auge in die Höhe steigen. Zwei, die sich glichen. Zwei, die darauf aus waren, das Blut der Menschen zu trinken. Zwei, für die die Zeit gekommen war, denn hoch über ihm sah er das silbrige Licht des Mondes durch die Dachöffnung sickern.

Sein Leben war zu einem Fluch geworden, dem er nicht mehr entkommen konnte.

Aber er machte sich weniger Gedanken um sich als um die beiden Frauen.

Vielleicht war es den beiden möglich, sich zu verstecken oder zu fliehen. Die Flucht wäre am besten. Er selbst fürchtete sich nicht vor den beiden Blutsaugern, denn er war bewaffnet und glaubte kaum, dass sie einer geweihten Silberkugel widerstehen konnten.

Bill tastete die Wände ab. Es konnte ja sein, dass es kleine Einbuchtungen gab, die er dann wie die Sprossen einer Leiter benutzte, um in die Höhe zu kommen.

Leider fand er nichts.

Es war vorbei.

Es gab keine Chance.

Bill war nach Heulen zumute. Fluchend sank er zusammen und blieb auf dem Boden hocken.

Den Blick hielt er nach oben gerichtet. Er sah das graue Viereck, und es kam ihm in seiner Lage wie der blanke Hohn vor …

Sheila und Evelyn hatten die Kirche verlassen, Sie waren einfach in die anbrechende Dunkelheit gelaufen, ohne sich darum zu kümmern, wohin der Weg führte.

Es war die Panik, die sie voranpeitschte und in die Nähe des Wassers trieb. Erst als die Füße durch den schweren und feuchten Sand liefen und schnelles Laufen so gut wie unmöglich machten, blieben sie stehen.

Evelyn sank auf die Knie. Sie war fertig. Sie konnte nicht mehr und hustete sich fast die Lunge aus dem Leib.

»Die verdammten Zigaretten«, schimpfte sie. »Verflucht noch mal. Ich hätte nicht so viel qualmen sollen.« Wieder hustete sie.

Es war nicht still um sie herum.

Die Wellen rollten und klatschten gegen den Strand, während sie weiter entfernt auf die Felsen brandeten.

Als Sheila das Husten der Frau nicht mehr hörte, drehte sie sich langsam herum. Evelyn Dolan schaute sie aus hervorquellenden Augen an. Ihr Gesicht war von der Anstrengung und auch von der Angst gezeichnet, die sie durchlitten hatte.

Sheila zog sie hoch.

»Entkommen sind wir!«, flüsterte Sheila. »Zunächst jedenfalls. Geh davon aus, dass die Blutsauger sich das nicht gefallen lassen. Sie werden uns suchen. Wir sind für sie ideal, denn in unseren Adern fließt das frische Blut. Auf so etwas haben sie nur gewartet, verstehst du?«

»Ja und nein.«,

Sheila nickte verständnisvoll. »Es ist für einen Menschen immer schlimm, wenn ein Weltbild zusammenbricht. Aber ich habe mich schon längst damit abfinden müssen, dass es auch noch eine andere Seite gibt, die man normalerweise nicht sieht und an die man auch nicht glauben will. Aber es gibt sie leider.«

»Ja, kann sein.« Evelyn Dolan nickte. »Irgendwie bewundere ich dich, Sheila.«

»Warum?«

»Dass du alles so akzeptierst hast.«

Sie winkte müde ab. »Freiwillig nicht. Es ist auch ein langer Prozess gewesen. Ich bin da einfach hineingerutscht. Das fing damals schon mit dem Mord an meinem Vater an. Er wurde von einem Dämon umgebracht. Das sehe ich heute gewissermaßen als ein Omen an.« Sie zuckte mit den Schultern. »Dann habe ich noch einen Mann geheiratet, der schon immer sehr neugierig auf gewisse Vorgänge war, die sich so leicht nicht erklären ließen. Zudem beschäftigt sich unser bester Freund von Berufs wegen mit diesen Phänomenen, und damit schließt sich wieder der Kreis. Das ist unser Leben.«

»Ich kann es nicht bewundern.«

»Das brauchst du auch nicht.«

»Und dieser Freund, Sheila, ist das John Sinclair, von dem ihr gesprochen habt?«

»Ja.«

»Er soll kommen, nicht?«

Sheila legte den Kopf zurück und lachte gegen den Himmel. »Ja, er soll kommen, und er wird auch kommen. Nur frage ich mich, ob es nicht zu spät ist.«

»Dann müssen wir so lange durchhalten.«

»Ja, Partnerin, das müssen wir wohl.«

»Und wie geht es jetzt weiter?«

Sheila hatte die Frage erwartet. Sie war deshalb

nicht überrascht. »Ich denke mal, dass wir hier aus dieser Gegend wegmüssen. Es gibt hier keine Deckung. Ein paar Dünen, das ist alles.«

»Müsste aber reichen.«

»Du kannst hier bleiben ...«

»Nein, nein, so meine ich das nicht«, sagte Evelyn schnell und kämpfte wieder mit ihrem Husten. »Ich bleibe schon bei dir. Ich will auch aktiv sein. Außerdem gibt es noch deinen Mann.«

Sheilas Gesicht verdüsterte sich. »Ja, Bill ...« Sie ließ das letzte Wort ausklingen. »Ich hoffe, dass er es schafft. Und meine Hoffnung ist nicht ganz unbegründet.«

»Wie kommst du darauf? Bill ist in den Schacht gefallen. Er hat sich nicht mehr gerührt und ...«

»Stimmt alles, Evelyn. Aber vergiss nicht, dass die beiden Vampire uns verfolgt haben und sich um ihn nicht kümmerten. Wir waren für sie wichtiger.«

»Dann wird es Bill von allein schaffen?«

»Das glaube ich. Es gibt noch etwas, das mich hoffen lässt. Er ist bewaffnet. In seiner Beretta stecken geweihte Silberkugeln, und damit kann er die Blutsauger vernichten. Darauf kannst du dich verlassen, denn die Erfahrung habe ich gemacht.«

Evelyn Dolan schauderte zusammen. »Dann stimmt es doch, was man so liest oder sieht.«

»Wie meinst du?«

»Eben das mit den Silberkugeln. Ich habe zwar nie an Vampire geglaubt, aber ich weiß oder wusste, wie man sie bekämpft. Das gehört praktisch zur Allgemeinbildung.«

»Gut gesagt. Irgendwie auch zutreffend.«

Evelyn wusste nicht mehr, was sie noch fragen

sollte. Sie blieb auf der Stelle stehen, beobachtete den dunkel gewordenen Strand und auch den fast blanken Himmel, an dem der Vollmond wie ein blasses rundes Gesicht stand und auf die Erde schaute.

»Es ist ihr Licht«, sagte Sheila leise.

»Ich weiß.«

»Es macht sie stark. Und jetzt sind sie wieder unterwegs, um sich das Blut zu holen.«

Evelyn spürte die Gänsehaut auf ihrem Körper. Es war für sie selbst jetzt nicht nachvollziehbar, dass sie über Vorgänge sprachen, die nicht in das Weltbild eines Menschen hineinpassten.

»Können wir nichts tun?«

»Wir haben keine Waffen«, sagte Sheila. »Ich habe nicht ahnen können, dass ein Besuch bei deinem geschiedenen Mann so enden würde. Das ist alles nicht eingeplant gewesen. Aber das Leben läuft einfach nie auf Schienen.«

Evelyn malte mit der rechten Schuhspitze Kreise in den weichen Sand. »Ich stelle mir die Frage, woher diese Blutsauger kommen. Wie ist es überhaupt möglich, dass sie hier erscheinen? Werden sie geboren? Werden sie gemacht?«

»Letzteres eher.«

»Und jetzt sind sie hier.«

»Ja.«

»Sie werden zudem noch von den Menschen hier verehrt. Sie leben in einer Enklave. Und das in dieser Zeit. Nicht weit entfernt führt ein Wunderwerk der Technik unter dem Meer entlang, und wir erleben eine schon archaische Gemeinschaft von Menschen, die sich nicht gegen Blutsauger wehren können. Was ist das für eine Welt?«

»Zumindest keine langweilige«, sagte Sheila ziemlich sarkastisch. »Aber ich weiß nicht, woher die beiden kommen. Vom Himmel sind sie jedenfalls nicht gefallen.«

»Eher aus der Hölle gestiegen, nicht?«

»Bravo, Evelyn, du bist verdammt stark. So wie du hätte nicht jede Frau reagiert.«

»Lange kann das nicht mehr so laufen.«

»Nein.« Sheilas Augen verengten sich. »Wenn John hier ist, liegen die Dinge anders. Aber diese Zeit müssen wir noch überbrücken. Es wird nicht leicht sein. Von London ist der Weg nicht eben kurz. Ich denke, dass sie vor Mitternacht noch hier sind.«

»Das dauert.«

»Ja.«

»Sollen wir gehen?«

Sheila lächelte. »Ja, es wäre nicht schlecht. In Old Harbour können wir uns auch verstecken.«

»Vielleicht auf einem Schiff.«

»Nein, nein, da sitzen wir in der Falle. Unser Problem ist, dass wir keine Waffen haben. Wir müssen also versuchen, den Bestien zu entgehen.«

Evelyn Dolan hielt sich mit einer Antwort zurück. Sie wunderte sich über sich selbst, dass sie sich noch so gut hielt. Hätte man ihr am gestrigen Tag erzählt, was ihr heute widerfahren würde, sie hätte den Sprecher nur ausgelacht. Und sie wunderte sich darüber, wie schnell sie sich auf die neue Lage eingestellt hatte.

Nachdem die beiden Frauen wenige Meter gegangen waren, erreichten sie einen gepflasterten Weg, der sie in den Ort brachte. Der Strand und der Hafen blieben hinter ihnen zurück. Dafür zeichneten sich die Häuser vor ihnen ab wie eine aufgestellte Bühnenkulisse. Auch die Kirche konnten sie nicht übersehen. Bei ihrem Anblick musste Sheila an Bill denken, und sie biss sich auf die Lippe. Sie hoffte, dass er es schaffte.

Es gab Licht im Ort. Aber nicht von außen her. Da brannte keine Laterne, und wenn ihnen etwas Helligkeit entgegenschimmerte, dann fiel sie aus den Fenstern, wobei das Licht stets schwach gelb leuchtete, weil die Lampen abgedeckt waren. Die Bewohner waren den beiden Vampiren wirklich entgegengekommen, das musste man sagen.

Der Weg mündete auf einen freien Platz. Hier standen einige Autos und wirkten wie vergessene Fossilien aus einer anderen Zeit.

Unter den Füßen der Frauen knirschte der Sand. Das Rauschen der Wellen war hinter den Dünen zurückgeblieben.

Es war nichts zu hören, das ihr Misstrauen erregt hätte. Im Ort war es still. Alles schien sich voller Angst zusammengezogen zu haben, und über den Dächern schwebte der Schatten des Bösen, nur aufgerissen vom Licht des Mondes.

Am Rand des Parkplatzes blieb Sheila stehen. Von hier aus fiel der Blick in die kleinen Gassen zwischen den Häusern, wo sich auch nichts bewegte. Keine Katze und auch kein Hund waren hier draußen.

»Sie sind bestimmt schon in den Häusern«, flüsterte Evelyn.

»Das denke ich auch.«

»Sollen wir nachschauen?«

Sheila verzog den Mund. »Aber so, dass sie uns nicht sehen. Ich bin immer noch scharf darauf, eine Waffe zu finden, mit der wir sie erledigen können.«

»Hier gibt es keine geweihten Silberkugeln.«

»Das befürchte ich auch. Ich wünschte mir wirklich, Mareks Eichenpflock zu haben. Wenn er in das Herz eines Vampirs dringt, ist es mit ihm auch vorbei.«

»Was du alles weißt, Sheila.«

»Wenn man so lebt wie ich, lernt man das im Laufe der Zeit zwangsläufig.«

»Das wäre nichts für mich.«

»Trotzdem müssen wir durch.«

Sheila hatte sich so gut wie möglich umgeschaut, aber von den Blutsaugern nichts gesehen. Einer Idee folgend ging sie auf das nächste Haus zu, dessen Fenster erleuchtet waren. Sie durchquerte einen ungepflegt wirkenden Vorgarten und ließ Evelyn zurück. Vor der Seite her schlich sie an das erste Fenster heran, das sich wie eine beleuchtete Luke in der Hauswand abhob.

Keine Gardine verwehrte ihr den freien Einblick. Sie schaute in ein Wohnzimmer, in dem sich Menschen aufhielten. Ein Mann und zwei Frauen.

Die Frauen waren unterschiedlich alt. Sie saßen wie Puppen nebeneinander auf der Couch. Dem Aussehen nach hätten es Mutter und Tochter sein können. Der Mann hatte sich einen Sessel als Sitzplatz ausgesucht. Er schaute nicht zu den Frauen hin. Er bewegte sich überhaupt nicht und starrte ins Leere.

Die drei machten den Eindruck, als würden sie auf etwas Bestimmtes warten, und Sheila konnte sich schon vorstellen, was es war.

So wie sie würden sich alle Bewohner von Old Harbour verhalten. Es war einfach schlimm, dass sie nicht mehr die Kraft fanden, sich zu wehren. Da musste etwas getan werden, bevor alle Menschen in den dunklen Tunnel fielen, aus dem es kein Zurück gab.

Sheila wollte auch in die anderen Häuser blicken, als sie zusammenschrak.

Die Tür hatte sich bewegt. Von der anderen Seite. Jemand war bereit, das Zimmer zu betreten.

Sheila stellte sich vor, was passieren würde. Es lag alles auf der Hand. Die Blutsauger gingen ihren Weg, und das war auch hier nicht anders.

Die Tür schwang nach innen.

Sheila hörte keinen Laut, aber sie sah, dass sich eine schreckliche Gestalt über die Schwelle schob.

Es war einer der beiden Vampir-Brüder!

Für Sheila Conolly schrumpfte die Welt auf den Ausschnitt zusammen, der sich ihren Blicken bot. Wie gebannt schaute sie zu.

Im Zimmer brannte eine Stehlampe mit Pergamentschirm. Derartige Leuchten waren schon fast museumsreif. Der gelblich-braune Schirm bestand aus einem so dicken Material, dass er nicht abgedeckt werden musste. Er saugte genug Licht in sich ein.

Sheila sah die Gestalt des Blutsaugers zum ersten Mal im Licht. Jetzt fiel ihr auch die Kleidung auf, die mehr aus Lumpen bestand. Sie umhingen den Körper mit der grauen Haut. Es war nur ein Hemd als Oberteil, an der Brust eingerissen. So kam die bleiche Brust zum Vorschein, auf der sich rostrote Blutflecken abzeichneten.

Sheila konzentrierte sich auf das Gesicht. Nein, das war kein Gesicht. Sie erlebte eine abstoßende und widerliche Fratze, die an einigen Stellen wie geschnitzt wirkte. Sein Maul hielt der Blutsauger offen und zeigte sein Gebiss mit den beiden widerlichen, spitzen Zähnen. Er ging völlig normal durch das Zimmer. Die drei Menschen hatten ihn längst wahrgenommen, denn sie schauten ja in seine Richtung. Aber sie taten nichts, um sich gegen ihn zu wehren. Wie Statuen blieben sie auf ihren Plätzen sitzen.

Sheila wusste, was folgte. Der Vampir war gekommen, um sich seine Nahrung zu holen. Plötzlich fühlte sich Sheila wie in einer Zwickmühle steckend. Sie war eine Zeugin. Sie war dabei, das Grausame zu sehen, zu erleben, und sie wusste nicht, ob sie es verhindern sollte.

Okay, sie konnte gegen die Scheibe schlagen und auf sich aufmerksam machen, aber sie war keine Selbstmörderin. Auf der anderen Seite würde der Unhold sich vielleicht nur einen Schluck jeweils holen. Auch der Glöckner war noch nicht zu einem Untoten geworden, auch wenn sich an seinem Hals ebenfalls die Bissmale abzeichneten. Die beiden Brüder schienen sie langsam in den endlosen Tod zu schicken.

Den Mann erreichte der Vampir als erster. Er drehte den Kopf. Das erlebte Sheila noch, dann wurde ihr die Sicht durch den Rücken des Eindringlings genommen, der sich zu dem Mann hinuntergebeugt hatte.

Er trank!

Sheila schloss die Augen. Hitze stieg ihr in den Kopf. Sie kam sich in diesem Moment so schäbig und auch so feige vor, weil sie nichts unternahm. Hätte sie eine entsprechende Waffe besessen, wäre alles anders gewesen.

Sie schaute wieder hin.

Der Mann saß noch immer im Sessel. Der Blutsauger hatte sich erhoben und sich dabei gedreht, sodass Sheila ihn im Profil sehen konnte.

Etwas später wischte er sich die Lippen ab. Das Blut von dort klebte jetzt auf seinem Handrücken, und mit schnellen Zungenbewegungen leckte er es weg.

Dann drehte er sich wieder.

Sheila tauchte ab. Er hätte bei seiner Drehung auch durch das Fenster schauen können. Und eine Entdeckung wollte sie auf keinen Fall riskieren.

Sie zählte leise bis zehn. Danach erst traute sie sich wieder, den Körper in die Höhe zu drücken.

Der Vampir stand vor der Couch. Er hatte sich schon gebückt, um sich um die Frauen zu kümmern. Die ältere hielt den Kopf bereits gedreht und präsentierte ihre Bissstellen. Sie wollte, dass der Untote ihren Lebenssaft zuerst genoss.

Er kniete sich vor die beiden Frauen. Mit seinen langen Armen fasste er zu und holte sie in seine Nähe. Sein hässliches Gesicht wurde von den beiden Frauenköpfen eingerahmt, und er brauchte sich nicht anzustrengen, um die spitzen Zähne in die dünne Haut zu schlagen. Er begann bei der Jüngeren und nahm sich deren rechte Halsseite vor. Die Frau zuckte zusammen, als sie den Biss spürte, und Sheilas Hände ballten sich zu Fäusten. Es war beinahe zu viel für sie, was sie da mitansehen musste.

Der Wiedergänger genoss seine Mahlzeit. Der weit aufgerissene Mund klebte förmlich am Hals der Frau, und er trank das Blut wie ein Verdurstender das Wasser.

Aber er blieb nicht an ihr hängen, denn da gab es noch eine zweite Person.

Auch die ältere Frau hatte schon auf ihn gewartet. Ihr Körper war hager und schlaff. Die Haut am Hals hing nach unten wie die eines Huhns.

Er ließ trotzdem nicht von ihr ab.

Diesmal schien er das Blut tief aus dem Körper zu holen, denn er zuckte beim Saugen jedes Mal zusammen. Schließlich löste er sich vom Hals der Frau und schleuderte seinen Kopf zurück. Einige rote Tropfen flogen umher und landeten auf dem dunklen Teppich.

Wieder wischte der Vampir über seinen Mund – und drehte sich dabei blitzschnell herum.

Sheila tauchte nicht mehr rechtzeitig genug weg. Der Untote glotzte sie an.

Es war ein höllisches Spiel innerhalb von Sekunden. Sheila fühlte sich durch den Blick gebannt. Sie konnte ihre Beine nicht mehr bewegen, sie schaute durch die Scheibe und hörte ihren Herzschlag wie verrückt pumpen.

Der Untote verzog die Lippen. Er grinste böse. Blut klebte in seinem Gesicht, und die Augen sahen aus wie helle Kugeln, in denen sich das Grauen abmalte.

Dann ging er.

Sheila wunderte sich nicht mal, wie schnell er sich plötzlich bewegen konnte. Da war nichts mehr von einer Steifheit zu sehen. Er räumte auf dem Weg zum Fenster einen kleinen Nähtisch zur Seite, den er in Richtung Tür schleuderte.

Augenblicke später füllte seine grässliche Gestalt den Rahmen des Fensters aus, und dann sah Sheila, wie er die rechte Hand zur Faust ballte und mit dem Arm ausholte.

Ihr war klar, was er wollte.

Und sie reagierte im letzten Augenblick. Sie fiel in die Knie, als hätte man ihr die Beine unter dem Körper weggeschlagen. Noch auf dem Weg nach unten hörte Sheila, wie über ihr die Scheibe zerbrach. Glas regnete über die hinweg. Eine Hand und ein Arm beugten sich nach unten, um sie fassen zu können.

Als die Finger ihr Haar berührten, da erwachte sie aus ihrer Erstarrung.

Sie warf sich nach hinten. Die Hand konnte nicht mehr nachfassen, und Sheila rollte über den kalten Boden hinweg. Der Lebenswille und der Widerstand waren erwacht. Sie kam auf die Beine. Dabei sah sie, wie der Vampir versuchte, durch das zerstörte Fenster zu klettern, was ihm nicht gelang, denn die Öffnung war für seinen breiten Körper einfach zu schmal.

So hatte Sheila noch eine Galgenfrist.

Sie startete durch. Sie wollte zu ihrer neuen Partnerin hin – und erkannte mit Schrecken, dass Evelyn Dolan verschwunden war.

Trotzdem rannte sie weiter.

Sie floh vor dem Grauen. Die Angst engte ihr Sichtfeld ein. Die Straße kam ihr plötzlich so schmal vor. Sheila suchte nach einem Ausweg, huschte an den trüben Fenstern vorbei auf einen geparkten Lieferwagen zu.

Bevor sie ihn erreichte, geschah es. Ob es eine Gasse war oder eine Tür geöffnet wurde, Sheila konnte es nicht erfassen. Sie erhielt einen Schlag gegen den Hals, die Luft wurde ihr knapp, und einen Moment später zerrte sie jemand in die tiefe Dunkelheit hinein …

»Das schaffen wir nicht!«, hatte Suko einige Male gesagt, und ich musste ihm Recht geben. Es war unmöglich, Old Harbour noch vor Einbruch der Dunkelheit zu erreichen, aber wir gaben unser Bestes.

Wir fuhren schneller als erlaubt. Zugleich blieben wir den größten Teil der Strecke auf der Autobahn. Die Landschaften flogen nur so an uns vorbei.

Das Gefühl, zu spät zu kommen, war immer präsent. Wir waren auf dem Weg und wussten so gut wie nichts. Bill hatte von Vampiren gesprochen, und er war nicht allein unterwegs, denn seine Frau befand sich bei ihm. Irgendwie war es Schicksal, dass auch die Conollys immer in den Reigen des Bösen mit hineingezogen wurden. Das ging schon seit Jahren so, und es war ihnen irgendwie nicht möglich, sich zurückzuziehen.

Von Old Harbour wusste ich nichts. Ich hatte erst auf der Karte nachschauen und den Ort suchen müssen. Zwischen Dover und Folkestone lag er. Sicherlich ein Kaff, in dem ich nicht tot über dem Zaun hängen wollte.

Vampire – wieder mal. Immer wenn sie mit von der Partie waren, dachte ich an Will Mallmann, der zu Dracula II geworden war, um sein gewaltiges Reich, die Vampirwelt aufzubauen, um sie dann mit Menschen oder Seelen zu füllen.

Wir hatten lange Zeit nichts mehr von ihm gehört, glaubten allerdings nicht, dass er abgetaucht war und seinen Plan aufgegeben hatte. Nicht einer wie er. Der zog alles durch. Bis zum bitteren Ende oder bis hin zu seinem Sieg.

Wir erlebten des Glück einer freien Bahn und eines klaren Himmels, an dem sich schon schwach der Mond abzeichnete. Wenn es richtig dunkel war, würde er heller leuchten. Dann war das satte Gelb in der Lage, den Blutsaugern die nötige Kraft zu verleihen, um sie zu mörderischen Bestien zu machen.

Wie es möglich gewesen war, dass die beiden Conollys über die Vampire gestolpert waren, war für mich noch ein Rätsel. Vorgehabt hatten sie es bestimmt nicht, sonst wäre Sheila nicht mitgefahren.

Im Westen sank die Sonne und legte ein Flammenmeer über den Himmel. Wir sahen es nur, wenn wir in den Rückspiegel schauten. In dieser schon spätherbstlichen Zeit reagierte die Dunkelheit, die schon am Nachmittag ihre langen Schatten schickte.

Der Autoverkehr war locker zu nennen. Zudem fuhren wir permanent rechts und überholten. Suko saß wie ein Klotz am Steuer. Voll konzentriert, die Lippen allerdings zu einem Lächeln verzogen. Es war ihm anzusehen, dass ihm die Fahrt Spaß machte. Endlich konnte er wieder Gummi geben.

»Ich hoffe nur, dass Bill bewaffnet ist und sich zumindest wehren kann«, sagte er.

»Die Beretta nimmt er immer mit, wenn er losfährt. Bei Vampiren erst recht.«

»Warum hat er Sheila mitgenommen?«

»Wir werden ihn fragen.« Ich hob die Schultern. »Es ist durchaus möglich, dass er mit einer derartigen Veränderung nicht gerechnet hat. So kann es durchaus sein, dass die Reise eigentlich ein völlig harmloser und normaler Ausflug werden sollte, dann aber aus dem Ruder lief.«

»Das scheint mir auch so.«

Die Küste rückte näher. Die Gegend wurde einsamer. Es gab nicht mehr viele Orte in dieser Umgebung. Es tauchten bereits erste Hinweistafeln auf den Euro-Tunnel auf. Für uns waren sie so etwas wie ein Hoffnungsschimmer, denn jetzt hatten wir tatsächlich nicht mehr weit zu fahren.

Noch auf der Bahn meldete sich mein Handy. Ich war mit den Gedanken weit weg gewesen und schrak leicht zusammen, als ich die Melodie hörte.

Wenig später hörte ich Bills Stimme und erschrak erneut. Es war mehr ein Keuchen, und darin eingebunden lauerten die Angst und die Anstrengung.

»John ...«

»Verdammt, Bill?«

»Ja, ich ...« Die nächsten Worte waren nicht mehr zu hören, weil die Verbindung schlecht war. Es gab sie noch, aber ein Rauschen machte es mir fast unmöglich, Bills Stimme zu verstehen.

Ich rief mehrmals seinen Namen. Suko ging mit der Geschwindigkeit herunter. Er sah mich, wie ich nach vorn gebeugt auf meinem Sitz saß, das Handy am Ohr.

Der Schweiß war mir auf die Stirn getreten. Das Herz schlug schnell, denn was ich gehört hatte, putschte mich auf.

Der Empfang klappte wieder.

»John, verdammt. Hörst du mich?«

»Im Moment schon. Wo steckt du?«

»In einer Kirche und in einem verdammten Loch.«

»Was?«

»Ja, verflucht. Es ist eine Kirche in Old Harbour. Aber keine normale. Sie ist verflucht worden. Man hat sie zweckentfremdet, und ich bin in die Falle gegangen. Vor dem Altar befindet sich eine Fallgrube, die kaum zu erkennen ist ...«

Die Verbindung blieb glücklicherweise bestehen, und so hörte ich, was Bill mir über sein Schicksal berichtete. Ich konnte aufatmen, weil er der Meinung war, dass es ihm gutging. Es bestand nur das Problem, dass er sich nicht aus eigener Kraft befreien konnte, aber Sorgen machte er sich um Sheila und um eine Frau namens Evelyn Dolan.

Ich fragte nicht, wer sie war, das war im Moment nicht wichtig. Ich hörte nur zu und erfuhr, dass Sheila und sie sich auf der Flucht vor den beiden Vampiren befanden.

Bill beschrieb sie mir in allen Einzelheiten und fügte dabei hektisch hinzu: »Die sehen wie Brüder aus, John. Und ich glaube, dass es sogar Brüder sind. Vampir-Brüder. Fast wie Zwillinge. Darauf geeicht, Blut zu trinken. Die Menschen in Old Harbour sind so etwas wie ihr Reservoir. Wir haben einen gesehen. Er hat die Glocken der verdammten Kirche geläutet. Die Vampire lassen es langsam angehen. Sie beißen zu, aber sie leeren die Menschen nicht sofort. Sie trinken das Blut in Etappen, und es macht ihnen nichts aus, wenn die Menschen schwächer und schwächer werden. So werden sie über Monate hinweg immer Nachschub haben, bis eben zum bitteren Ende. In Old Harbour hat das Grauen Einzug gehalten. Seid also auf der Hut. Die beiden irren durch den Ort.«

»Was ist mit Sheila und der anderen Frau?« Ich hatte mich zusammen gerissen und meiner Stimme einen möglichst ruhigen Klang gegeben.

»Ich weiß es nicht. Sie haben fliehen können. Ich glaube allerdings nicht, dass sie aus dem Ort geflohen sind. Nicht Sheila, und sie wird dazu auch kaum gekommen sein.«

»Ich habe verstanden. Und du kommst wirklich nicht aus dem verdammten Loch heraus?«

»Nein!« Bill fing an zu lachen. »So komisch es sich auch anhört, aber ich bin hier relativ sicher. Die Blutsauger haben andere Sorgen, als sich um mich zu kümmern.«

»Es dauert nicht mehr lange, bis wir dort sind, Bill. Und ...«

»Nicht um mich kümmern. Nicht ...« Es rauschte wieder, und wenig später war das Gespräch weg. Ein Funkloch oder was immer uns da erwischt hatte.

Ich steckte den Apparat wieder weg. Suko schaute mich an. Er hatte zwar nicht telefoniert, aber Bill hatte so laut gesprochen, dass Suko einiges erfahren hatte. Er schaute mich nicht an, der Blick war nach wie vor auf die Fahrbahn gerichtet.

»Sag alles, John.«

Ich wischte mir den Schweiß von der Stirn. Die Kehle saß zu. Ich räusperte mich frei. Die Landschaft kam mir plötzlich bedrohlich vor. Es lag nicht allein an der Dämmerung, sondern auch an meinen Gefühlen. Was Bill mir da gesagt hatte, war nicht einfach zu verkraften.

Meine Worte trafen dabei auf Sukos offene Ohren. Sein Mund bewegte sich, doch er enthielt sich einer Antwort. Er nickte nur.

»Sie sind frei, Suko. Und sie werden sich das Blut der Menschen holen. In Etappen. Sie halten ihre Gier unter Kontrolle. Es ist Wahnsinn, beinahe schon einmalig, aber die Vampire existieren ebenfalls nach eigenen Plänen.«

»So haben sie länger etwas vom Blut der Menschen.«

»Du sagst es.«

»Okay, dann werden wir sehen, was wir machen können.« Ich hörte den Zorn aus seiner Stimme hervor. Auch Suko ist ein Mensch mit Emotionen, auch wenn er sie oft genug nicht zeigt, aber das Schicksal unseres Freundes ließ ihn nicht unberührt.

Ich dachte mehr an Sheila. Sie hatte die Kirche zwar verlassen können, war aber nun zusammen mit der anderen Frau, Evelyn Dolan, auf der Flucht.

Ich wünschte mir, dass sie in den Wagen steigen und flüchten würden. Auf der anderen Seite würde Sheila nicht ohne ihren Mann den Ort verlassen.

Wir mussten runter von der M20. Zwischen Folkestone und Dover befand sich die Abfahrt, nahe der Küste, die noch nicht so steil war wie weiter nordöstlich. Es gab Abschnitte und kleine Buchten am Strand, in denen auch gecampt werden konnte, doch zu dieser Jahreszeit blieb man zu Hause.

Die Dämmerung hatte den Tag endgültig verdrängt. Das Licht der Scheinwerfer fraß sich in die Dunkelheit hinein.

Ich hatte den Eindruck, in eine schwarze Höhle zu fahren, die nie mehr aufhörte.

Suko hatte mit seinen Argusaugen den Weg nach Old Harbour entdeckt. »Wir sind gleich da, John.«

»Wurde auch Zeit.«

»Ich habe mein Bestes gegeben.«

»Es war kein Vorwurf.«

»Ich weiß.«

Wir waren beide nervös. Angespannt. Suko verließ sich jetzt auf das Fernlicht und zerstörte die Finsternis mit dem weißen und bläulichen kalten Schleier. Buschwerk, schon Dünengras, ein welliger Boden, oft sandig, begleitete uns. Manchmal erhaschten wir einen Blick auf das Wasser, das wie eine in die Unendlichkeit führende, flach liegende Bühne wirkte, die sich ständig bewegte.

Zum Strand hin ging es bergab. Die Dünen wurden höher, zogen sich aber sehr bald zurück, und vor uns veränderte sich die Umgebung, denn das Licht glitt über eine Straße hinweg, die zu den ersten Häusern von Old Harbour hinführte, was Suko hörbar aufatmen ließ.

»Das ist es dann wohl gewesen.«

Ich blickte auf meine Uhr. »Hoffentlich liegen wir gut in der Zeit.«

»Bestimmt.«

Wir redeten nicht darüber, ob wir in den Ort fahren sollten oder nicht, denn dieses Thema kam erst gar nicht auf, weil wir plötzlich die beiden geparkten Wagen sahen.

Einer davon war ein Porsche. Nicht weit entfernt davon parkte ein BMW Z3.

»Na bitte«, sagte Suko. Er zog unseren Wagen so schnell herum, dass wir beinahe schleuderten, dann hatte er den richtigen Parkplatz bei den anderen Fahrzeugen gefunden,

Wir standen noch nicht ganz, als ich unser Auto schon verließ und zu den anderen beiden Fahrzeugen lief.

Sie waren leer, und ich hielt mein Handy schon in der Hand, um Bill Bescheid zu geben, damit er wusste, dass wir endlich eingetroffen waren.

Ich, hatte Glück. Wir befanden uns nicht in einem Funkloch. Aber die Verbindung war auch nicht so glatt, wie ich sie mir gewünscht hätte. Trotzdem hörte ich Bills Erleichterung, als er erfuhr, wo wir inzwischen gelandet waren.

»Sucht Sheila! Bitte, sucht Sheila und Evelyn Dolan. Ich bin nicht interessant.«

»Machen wir, versprochen! Du hast keine Idee, wo sie sein könnten?«

»Nein, denn ich ...«

Verdammt, die Verbindung war weg. Ich wollte auch nicht mehr Zeit verlieren und schaltete ab.

Suko war einige Schritte nach vorn gegangen und deutete auf die Häuser, die aussahen als hätte sie jemand in die Schatten des Abends gestellt.

»Eines ist größer«, teilte er mir mit. »Das muss die Kirche sein, in der Bill steckt.«

»Willst du hin?«

»Nein, ich will die Vampire.«

Die wollte ich auch. Und vor allen Dingen Sheila und ihre Begleiterin.

Zu hören war nichts. Auch nichts zu sehen. Und trotzdem wussten wir, dass gerade in einer Szenerie wie dieser das Unheil sich besonders gut versteckt hielt, um dann, wenn niemand damit rechnete, zuschlagen zu können ...

Sheila versuchte, um sich zu schlagen und zugleich Luft zu holen. Der Gedanke, sich in der Gewalt eines Blutsaugers zu befinden, war für sie unerträglich.

Der Griff war zu stark. Nicht nur einer hatte ihren Hals umklammert, auch ein zweiter presste ihr die Arme gegen den Körper. Ohne dass sie etwas dagegen tun konnte, wurde sie zurückgezerrt und damit in eine andere, noch dichtere Dunkelheit hinein.

Jemand sagte: »Tür zu!«

Wenig später hörte Sheila das typische Geräusch, und danach lockerten sich die Griffe. Sie tat ihr Übriges, um sich zu befreien. Sie drehte sich daraus hervor, und die Hände fassten auch nicht mehr nach. Jemand schob sie zur Seite, bis sie mit den Schultern gegen einen harten Gegenstand prallte.

Die Hände glitten von ihrem Körper weg. Sheila atmete heftig und hatte die Augen weit geöffnet. Jetzt erst fiel ihr der schwache Schein im Hintergrund auf. Er sorgte dafür, das die Gestalt vor ihr zu einem erkennbaren Umriss wurde, und Sheila glaubte auch, den Mann schon einmal gesehen zu haben.

»Bleiben Sie ruhig!«, sagte eine dunkle Männerstimme. »Reißen Sie sich zusammen.«

Sheila war nicht fähig, etwas zu sagen. Der Griff um den Hals hatte Nachwirkungen hinterlassen. Sie rang um Atem.

Es dauerte Sekunden, bis sie wieder klar denken konnte und ihr bewusst wurde, dass der Mann ihr nichts Böses wollte. Sie erkannte ihn jetzt. Es war der Glöckner, der sie und Evelyn gewarnt hatte. Wahrscheinlich befand sie sich in seinem Haus.

»Geht es Ihnen besser?«

»Weiß nicht ...«

»Kommen Sie mit!«

Als Sheila sich nicht bewegte, zog der Glöckner sie von der Wand weg und ging mit ihr durch den Flur auf die entferntere Lichtquelle zu, die sich in einem anderen Zimmer befand. Sie stolperte leicht und wurde geführt. Der Gedanke, vom Regen in die Traufe geraten zu sein, wollte ihr noch immer nicht aus dem Kopf, und es ging ihr etwas besser, als sie Evelyn erkannte, die neben der Lampe in einem alten und leicht zerschlissenen Sessel saß.

»Du?«

»Ja. Sei froh.«

Sheila betrat das kleine Zimmer. Ihr fiel auf, dass sie nicht nach draußen schauen konnte. Vorhänge bedeckten die beiden kleinen Fenster. Hinter sich hörte sie die Schritte des Glöckners. Er fragte, ob sie etwas trinken wollte.

»Ja, bitte.«

»Gin?«

»Gern.«

»Sie auch, Evelyn?«

»Und ob.«

Der Mann ging zu einem schmalen Schrank. Sheila blieb neben Evelyn stehen und beugte sich zu ihr hinab. Sie spürte, wie Evelyn ihr Handgelenk umklammerte.

»Es ist gut, Sheila. Wir haben Glück gehabt. Trevor ist wirklich in Ordnung.«

»Heißt der Glöckner so?«

»Ja, Trevor Biggs.«

Sheila merkte die Gänsehaut auf ihrem Arm. »Aber er ist ebenfalls von einem Vampir ...«

Evelyn ließ sie nicht ausreden. »Stimmt, Sheila. Nur ist er kein echter Vampir. Noch nicht. Er fühlt sich nur müde. Er kämpft gegen den Virus an. Er hasst sie. Aber er kann sie nicht vertreiben. So ist er gezwungen, mit ihnen zu leben.«

»Was du alles weißt.«

»Ich habe es mir zurechtgereimt.«

»Und sie hat recht damit!«, sagte Biggs, der auf die Frauen zukam. Er balancierte drei Gläser, die gut mit Gin gefüllt waren. Sie rochen den Wacholdergeruch, der ihnen scharf in die Nase stieg.

»Den bekommt ihr nicht zu kaufen. Ich kenne einen Freund, der ihn selbst brennt.«

Sie nahmen die Gläser und tranken.

Der scharfe Alkohol trieb Sheila die Tränen in die Augen. Sie schluckte das Zeug tapfer, musste aber dreimal ansetzen, im Gegensatz zu Evelyn, die das Glas mit einem einzigen Schluck bis auf den letzten Tropfen leerte und sich danach schüttelte.

»Manchmal muss man in den sauren Apfel beißen, um zu wissen, was gut ist«, kommentierte sie. Sie konnte wieder lächeln.

Sheila schaute sie an. Die starke Schminke im Gesicht hatte nicht mehr gehalten. Durch den Schweiß war sie flüssig geworden und am Gesicht entlang gelaufen. Jetzt sah sie aus, als hätte sie eine Maske aufgesetzt. Sie wirkte erschöpft und völlig übermüdet.

Sheila stellte das Glas weg. In den letzten beiden Minuten hatte sie sich wieder einigermaßen erholen können. Jetzt wandte sie sich direkt an Trevor Biggs, der neben einem Fenster seinen Platz gefunden hatte und die beiden Frauen anschaute.

»Danke, dass Sie uns in Ihr Haus geholt haben. Das war sehr mutig von Ihnen.«

Er zuckte die Achseln. »Ich will nicht, dass es noch mehr Opfer gibt«, erwiderte er.

»Sie kennen die Blutsauger gut?« Sheila fiel etwas ein. »Ach ja, ich heiße Sheila Conolly.«

»Ich weiß. Evelyn hat es mir berichtet.« Er schaute zu Boden. »Es fällt mir zwar nicht leicht, es zuzugeben, aber ich kenne diese verdammten Vampire.«

»Und wer sind sie?«

»Romeo und Ernesto Galka.«

»Brüder?«

»Genau.«

Sheila blies die Luft aus. Sie ärgerte sich, dass sie

noch immer zitterte, aber sie konnte ihren Körper nicht kontrollieren. »Vampire fallen nicht vom Himmel, ich weiß das. Wo kommen sie her? Sie müssen entstanden sein.«

»Ja«, sagte Biggs bedächtig. »Da gebe ich Ihnen völlig Recht. Aber sie waren bereits entstanden. Und es ist die Schuld der Menschen hier, dass sie hier in Old Harbour sind, denn wir, wir haben sie geholt. Stellen Sie sich das vor.«

Sheila sah Trevor Biggs ungläubig an.

»Ich habe nicht gelogen«, gab Biggs zerknirscht zu.

Sie konnte es noch immer nicht glauben. »Aber ... aber wie war das möglich?«

Der Glöckner hob die Schultern. »Es ist eine lange Geschichte.«

»Kürzen Sie sie ab, Mr. Biggs. Noch haben wir Zeit. Bitte, ich muss alles wissen.«

»Es war in einer stürmischen Nacht, und es liegt schon einige Zeit zurück. So genau weiß ich das nicht mehr. Aber ich erinnere mich, dass wir das Boot sahen, das es nicht mehr schaffen würde. Die Wellen waren zu hoch. Zudem gibt es hier Klippen, aber wir wollten die Menschen retten und haben alles versucht. Zwei von ihnen konnten wir aus dem Wasser ziehen.«

»Die Galka-Brüder ...«

»Ja.«

»Nur sie?«

»Nur die beiden, Mrs. Conolly. Nur ahnten wir nicht, wen wir uns da geholt hatten. Wir waren machtlos, einfach machtlos. Nichts ging mehr. Die Brüder übernahmen die Herrschaft, und dagegen konnten wir nichts tun. Sie räumten die Kirche leer, sie fielen uns an, sie waren wie Tiere, und sie wollten immer nur eines. Unser Blut, nichts sonst.«

Sheila schüttelte den Kopf. »Verdammt noch mal, warum haben Sie sich nicht gewehrt?«

»Ich weiß es nicht. Wir alle waren nicht mehr die Gleichen. Das müssen Sie mir glauben. Wir Menschen hier waren wie paralysiert. Nichts ging mehr seinen normalen Weg, obwohl für Fremde alles so ausgesehen hätte. Aber das war es nicht. Wir ... wir ... waren auf uns gestellt und mussten dem unsichtbaren Terror Tribut zollen. Wir gaben unser Blut ab, damit die Brüder leben konnten. Ich weiß, dass sie uns alle in die Finsternis hineinziehen wollen und es auch schaffen werden. Bei einigen ist es ihnen gelungen, bei anderen nicht. Aber alle haben schon Blut abgeben müssen, auch ich. Jeden Abend bei Einbruch der Dunkelheit läute ich die Glocken. Es ist für sie auch ein Signal, um wieder zu erwachen. Am Tage ziehen sie sich in die Kirche zurück, und sie haben sogar vor ihrem verdammten Altar eine Falle aufgebaut, in die schon manches Opfer hineingetappt ist.«

Sheila nickte. Sie konnte sich vorstellen, was die Menschen durchgemacht hatten. Es war schwer für einen Fremden zu begreifen, aber wer plötzlich einem dieser Wiedergänger gegenüberstand, der merkte sehr schnell, wie schwach er war. Denn wer glaubte schon an eine Existenz dieser Wesen? Um so überraschender war deren Angriff.

Trevor Biggs stand mit hängenden Schultern vor den beiden Frauen. Evelyn konnte nichts sagen. Sie wollte es auch nicht und hielt eine Hand gegen den Mund gedrückt.

»Wir müssen damit leben«, sagte Biggs leise. »Aber

wie lange noch? Wie lange dauert es, bis auch wir zu Blutsaugern geworden sind und auf Menschenjagd gehen?«

»Nicht mehr lange«, flüsterte Sheila, die ihre Beklemmung einigermaßen überwunden hatte.

»Wie meinen Sie das?«

»Es ist Hilfe unterwegs.«

»Ha – wer sollte uns helfen?«

»Freunde von mir. Ich weiß es. Mein Mann, der im Schacht sitzt, hat sie alarmiert.«

»Ihr Mann ist verloren.«

»Nein, nein, nein!« Wild schüttelte Sheila den Kopf. »Er ist es nicht, auch wenn Sie es nicht nachvollziehen können. Aber es gibt Menschen, die den Blutsaugern den Kampf angesagt haben. Sie fürchten sich nicht vor ihnen. Sie haben sich darauf spezialisiert, diese Geschöpfe zu jagen, um sie dann zur Hölle zu schicken.«

Biggs schwieg. Sheila sah ihm an, dass er keine Hoffnung mehr hatte. Er fragte: »Warum sind Sie nicht geflohen? Sie hätten die Chance gehabt, aus dem Dorf entkommen zu können. Sie haben die Möglichkeit nicht genutzt. Jetzt wird man Sie jagen. Gerade Sie. Die Vampir-Brüder riechen es, wenn sich frisches Blut im Ort aufhält. Sie wissen genau, wohin sie gehen müssen.«

Sheila fragte: »Dann sind wir hier auch nicht sicher?«

»Nein, nirgendwo. Sie kommen.Vielleicht sind sie schon da und umkreisen mein Haus. Sie wollen nicht nur Ihr Blut, sie wollen auch mich und meine Frau nicht laufen lassen.«

»Ach. Die lebt auch hier?«

»Ja – leider, muss ich sagen.«

»Wo denn?«

Biggs deutete gegen die Decke. »Oben, in unserem Schlafzimmer. Ich habe sie an das Bett fesseln müssen«, flüsterte er.

Sheila starrte ihn an. »Warum haben Sie das getan?«

»Lorna ist weiter als ich.«

Es dauerte nicht mal eine Sekunde, bis Sheila begriffen hatte. Da schoss ihr das Blut in den Kopf. Sie flüsterte: »Heißt das, dass sie bereits zu einer Blutsaugerin mutiert ist?«

»Das heißt es leider.«

Sheila hatte die Qual aus der Stimme des Mannes herausgehört und konnte sich denken, was Biggs durchlitten hatte. Er drehte sich von ihr weg, weil sie seine Tränen nicht sehen sollte. »Ich glaube, dass sie die erste hier in Old Harbour ist. Eine oder einer muss es ja sein. So hat es meine Frau erwischt. Ich bin noch nicht so weit, aber ich ich spüre in mir schon die verfluchte Müdigkeit, die mit keinem anderen Zustand zu vergleichen ist. Der Keim ist gelegt. Sie haben von meinem Blut getrunken. Ich bin infiziert, doch ich bin noch ein Mensch und wundere mich nur, dass ich auch weiterhin wie ein Mensch denke. Aber es fällt mir immer schwerer, glauben Sie mir.«

»Werden sie in dieser Nacht noch kommen?«

»Ich befürchte es. Ich gehe sogar davon aus. Ja, sie werden kommen und mich besuchen. Und sie werden sehen wollen, wie es ihrer verdammten Schwester geht, die meine Frau ist.« Er konnte nicht mehr. Seine Knie gaben nach. Er lief auf die Wand zu und presste die Stirn dagegen.

Auch Evelyn meldete sich wieder. Sie war eine gebrochene Frau und aschfahl im Gesicht. Die Hände konnte sie nicht mehr ruhig halten. »Ich will nicht sterben!«, flüsterte sie.

»Das wirst du auch nicht«, erwiderte Sheila. »Wir schaffen das. Lass es dir gesagt sein. John Sinclair ist alarmiert. Wir müssen noch etwas durchhalten und ...«

Ein Geräusch unterbrach sie. Es war ein dumpf klingendes Poltern, und es war von oben gekommen.

Sheila schaute gegen die Decke. Plötzlich wurde ihr kalt, und die Hände ballten sich zu Fäusten.

Auch Biggs hatte den Laut vernommen. Er stand da. Den Kopf eingezogen. Sein Atem verließ keuchend den Mund.

»Ist dort oben jemand?«, fragte Sheila.

»Nur meine Frau.«

»Die Sie gefesselt haben?«

»Ja, meine ich. Aber jetzt ...

Trevor Biggs brauchte nichts mehr zu sagen. Sheila wusste auch so Bescheid.

Sie ließ beide stehen und lief zurück in den engen Flur. Nicht weit von der Tür drehte sich die Treppe nach oben. Sie lag im Dunkeln, für Sheila nicht gut. Deshalb suchte sie nach einem Lichtschalter.

Sie fand ihn. Zumindest im Flur wurde es heller. Aber nicht besonders stark, denn die Lampe an der Decke war durch ein Tuch abgedeckt worden. Zumindest floss das Licht einen Teil der Stufen hoch.

Sheila blieb vor der Treppe stehen. Sie überlegte, ob sie nach oben gehen sollte. Dachte allerdings auch daran, dass sie keine Waffe besaß, die einen Blutsauger vernichtet hätte.

So wartete sie ab.

Das Geräusch wiederholte sich nicht. Sheila überlegte, wie es wohl entstanden war. Wahrscheinlich war etwas umgefallen. Oder jemand hatte es geschafft, sich aus dem Bett zu wälzen.

An der Tür erschien Trevors Umriss. »Haben Sie was gesehen, Sheila?«

»Nein, gehen Sie wieder.«

»Warum?«

»Bitte!«

Er kam näher. Er wollte es sehen. Sheila ahnte, welche Gedanken ihn bewegten. Er hatte die Lippen zusammengepresst. Mit einer Hand hielt er sich an der Wand fest. Sein Blick glitt über die Stufen nach oben.

»Es ist geschehen, Mrs. Conolly. Sie ... sie ist so stark. Ich habe es geahnt.«

»Nein, nicht ...«

»Hören Sie doch auf. Sie denken das Gleiche wie ich. Wir kommen davon nicht los.«

Er hatte ja Recht. Und er hatte die Kraft eines Vampirs unterschätzt, die in der Lage war, Fesseln zu zerreißen.

Es entstand dort oben ein harter Schlag. Beide schraken dabei zusammen.

»Das war die Tür!«, flüsterte Biggs. Er strich über sein glattes Haar, das die Farbe von heller Asche aufwies. »Wir müssen damit rechnen, dass Lorna frei ist ...«

Sheila sagte nichts dazu.

Aber auch sie blieb nicht mehr ruhig. Sie zitterte. Als sie die ersten Schritte hörte, biss sie sich auf die Lippen.

Die Geräusche näherten sich der Treppe. Neben ihr gab Biggs einen erstickt klingenden Laut ab. Noch war nichts zu sehen, aber die Echos waren bereits lauter geworden.

»Es darf nicht wahr sein«, flüsterte Trevor mit bebender Stimme. »Allmächtiger, lass es nicht wahr sein!«

Das Flehen wurde nicht erhört. Die Person in der ersten Etage setzte ihren Weg fort. Sie erreichte auch das Ende der Treppe und war deshalb zu sehen, weil sie etwas Helles trug.

Dann ging sie weiter.

Eine Hand berührte das Geländer. Bleich wie eine Totenklaue. Ebenso bleich war alles an dieser Person, bis auf die schwarzen wirren Haare.

Das Licht konnte sie nicht stoppen. Mit schwankenden Bewegungen ließ sie Stufe für Stufe hinter sich. Lorna war zu einer echten Blutsaugerin geworden, die jetzt das Blut der Menschen brauchte, um ihr Dasein weiterführen zu können ...

Wir hatten das erste Haus erreicht, ohne dass uns ein Vampir begegnet war. Das hatte allerdings nicht viel zu bedeuten, denn die dunkle Umgebung bot ideale Verstecke.

Menschen bekamen wir auch nicht zu Gesicht, und das schwach wirkende Licht hinter mancher Fensterscheibe wirkte eher wie der Eingang in andere Welten.

Die Häuser waren nicht leer. Ich wusste es. Ich sah auch die Kirche, den größten Bau in der Umgebung, und dort war mein Freund Bill Conolly in einem Schacht gefangen. Ich hätte ihn gern herausgeholt, doch andere Dinge waren wichtiger. Außerdem befand sich mein Freund in relativer Sicherheit, wie er selbst gesagt hatte.

Nicht allerdings Sheila und die Frau namens Evelyn Dolan. Beide befanden sich in der Freiheit und trieben sich irgendwo in Old Harbour herum oder hielten sich versteckt, was ich zumindest hoffte.

Ich hatte mich seitlich neben die Eingangstür gestellt und wartete auf Suko, der das Haus umrunden und dabei nach irgendwelchen Spuren suchen wollte. Wir mussten alles in Betracht ziehen, auch Verstecke außerhalb.

Er war plötzlich bei mir. Gehört hatte ich ihn nicht. Mein Freund hob die Schultern. »Nichts zu sehen, John, keine einzige Spur. Kein Hinweis.«

»Hast du durch die Fenster geschaut?«

»Ich habe es versucht. Dabei ist nichts herausgekommen. Man hat sie abgedeckt. Als wollten die Menschen, dass kein Vampir in ihre Häuser sieht. Möchtest du trotzdem innen nachschauen?«

»Ja.«

»Okay.«

Sie waren da, das spürte ich. Da musste ich mich schon auf meine Sinne verlassen. Ich spürte die Bedrohung, die als unsichtbares Gespenst in der Dunkelheit lag.

Suko hatte sich der Tür zugewandt. Ich schaute noch in die andere Richtung, ohne allerdings eine Bewegung zu sehen. Kein Vampir schlich durch die Nacht.

Die Tür war nicht verschlossen. Suko drückte sie auf. In den Angeln hörten wir ein leises Kratzen, sonst gab es keine Geräusche. Unser Blick fiel in einen schmalen, dunklen Flur, in dem es nach Rauch roch. Irgendwo musste es einen Ofen geben, der brannte oder gebrannt hatte.

Geräusche vernahmen wir nicht. Es war dunkel im Haus. Kein Licht, was bestimmt nicht normal war. Suko fand einen Schalter, und schon bald wurde es heller.

Zwei alte Lampen, die aussahen wie Tüten, strahlten dieses Licht ab. So sahen wir eine enge Treppe und zwei offene Türen, die zu den Zimmern führten.

Ich ging durch den Flur und hatte noch zusätzlich meine Leuchte hervorgeholt.

Hier gab es keinen Luxus, kaum etwas Modernes. Die Zeit schien stehengeblieben zu sein. Ich hörte keine Musik, es lief keine Glotze, und auch das Atmen der Menschen vermisste ich. Von Stimmen ganz zu schweigen.

Mich stoppte eine Hintertür. Da ich neugierig war, öffnete ich sie. Ein bestimmter Geruch drang mir in die Nase. Vor mir, in einem kleinen Anbau, befanden sich die Toiletten. Noch alte Latrinen, ohne Wasserspülung. Da liefen die Fäkalien in eine Sickergrube. Im Anbau gab es noch einen schmalen Ausgang, der wahrscheinlich in den Garten führte.

Ich kehrte zu Suko zurück, der bereits einen Raum betreten hatte. Licht fiel in den Flur, und als ich neben Suko stand, brauchte er nicht viel zu sagen, denn ich sah es selbst.

Drei Menschen saßen in alten Sesseln. Eine Frau, ein Mann und ein Kind. Die Frau war noch nicht alt, aber sie wirkte älter. Das graue Haar umrahmte ein Gesicht ohne Falten und ein spitzes Kinn. Sie trug ein blaues Kleid, dessen Ausschnitt so weit nach unten gezogen worden war, dass der Hals freilag.

Der Mann war mit einer Hose und einem grauen Unterhemd bekleidet. Auch er saß unbeweglich in einem Sessel und starrte mit müden, fast ausdruckslosen Augen ins Leere.

Das Kind, ein Mädchen, lag im Sessel auf der Seite, Beine und Arme angezogen und die Hände zu Fäusten geballt. Die Augen standen offen, es konnte uns sehen, aber es reagierte nicht. Wir wurden mit keinem Wort angesprochen.

Hier zu stehen hatte schon etwas Bedrückendes an sich. Mir rieselte es kalt den Rücken hinab, denn es gab etwas, das alle drei Personen gemeinsam aufwiesen.

An ihren Hälsen waren die roten Punkte zu sehen. Und die waren bestimmt nicht aufgeschminkt. Derartige Bissstellen wurden von Vampiren hinterlassen.

Wie ich, so wurde auch Suko den Gedanken nicht los. »Sind sie es oder sind sie es nicht?«

Ich glaubte nicht daran. Ich wollte es nicht glauben, dass ich hier eine Familie vor mir hatte, die man zu Blutsaugern gemacht hatte. Den Beweis wollte ich mir holen und ging auf den Mann im Sessel zu.

Seine Hände blieben nach wie vor auf den hölzernen Lehnen liegen. Er schaute mich an, aber in seinen Augen blieb der leere Ausdruck bestehen.

Die beiden Bisswunden am Hals waren aufgequollen und mit kleinen Spitzen versehen.

Der Mann atmete.

Mir fiel ein Stein vom Herzen. Suko kontrollierte den Rest der Familie und war ebenfalls zufrieden.

»Sie sind noch nicht in ihre neue Existenz hineingerutscht. Ich denke, dass sie eine Chance haben.«

»Hoffentlich.«

Wir waren gehört worden, denn der Mann, dessen Kinn von einem schwarzgrauen Bart umwachsen war, bewegte seine Augen. Die anderen beiden blieben in ihrer Apathie.

»Sie können mich hören?«

»Ja.«

Trotz der schwachen Antwort freute ich mich. Mir lag auf der Zunge zu fragen, wie es ihm ging, doch da wäre ich mir irgendwie lächerlich vorgekommen.

»Waren sie hier?«

»Sie kommen oft.«

»Wann?«

»In der Nacht.«

»In jeder Nacht?«

»Nein«, flüsterte der Mann. »Nicht in jeder. Nur wenn sie es nötig haben. Dann trinken sie unser Blut ...« Er schloss die Augen, als wäre er zu schwach, um noch reden zu können.

Ich gönnte ihm die Erholungspause und wischte Schweiß von seiner Stirn. Der Mann zitterte. Er sah aus wie jemand, der friert. Er zog sich zusammen, und ich hörte sein leises Stöhnen. Hoffentlich machte er jetzt nicht schlapp, aber das trat nicht ein. Er fing sich wieder, und sein Blick war sogar klar.

»Soll ich Ihnen etwas zu trinken holen?«, fragte ich.

»Nein.«

»Können Sie Fragen beantworten?«

Er gab einen Laut von sich, der sich wie eine Mischung aus Lachen und Krächzen anhörte. »Mich hat es noch nicht ganz erwischt. Ich bin nur so schrecklich müde, ohne schlafen zu können. Allen ergeht es so, allen hier im Ort.«

»Die Vampire besuchen sie?« Ich hatte die Frage bewusst gestellt, da ich wollte, dass er von vorn begann.

»Ja, sie kommen und schlürfen unser Blut. Sie verschonen keinen. Auch nicht die Kinder.«

»Und wer sind sie?«

Aus dem Blick des Mannes verschwand für einen Augenblick der apathische Ausdruck. Er sah mich schon wieder normal an. »Es sind Ausgeburten der Hölle. Es ist für uns die Bestrafung des Himmels, Mister. Gott hat sich zurückgezogen, um uns zu bestrafen. Er hat das Jüngste Gericht schon vorher geschickt. Ich weiß nicht, was wir getan haben, aber es ist leider so.«

Mit dieser Antwort konnte ich nicht viel anfangen. Auch Suko nicht, der neben mir stand. Deshalb fragte ich: »Was ist denn nun wirklich passiert? Die Vampire müssen doch irgendwo hergekommen sein. Bitte, sie können nicht vom Himmel gefallen sein.«

»Nein, sind sie nicht. Wir haben sie geholt. Wir ganz allein. Wir haben sie gerettet. Ihr Schiff sank im Sturm, aber wir konnten sie aus dem Wasser holen. Es waren die Galka-Brüder. Sie sind aus ihrem Land geflohen. Rumänien oder Ungarn, ich weiß es nicht genau. Sie haben es uns nicht gedankt. Sie übernahmen die Herrschaft, denn endlich hatten sie Blut. Das haben sie ausgenutzt ...«

»Haben sie jeden gebissen?«

»Ja, keiner wurde verschont. Und die Menschen in den anderen Orten haben nichts bemerkt. Wir lebten ja weiter, aber wir wurden schwächer, immer schwächer ...«

»Gibt es schon echte Vampire hier in Old Harbour, abgesehen von den Galka-Brüdern?«

»Nein, ich glaube nicht. Tagsüber geht es uns besser – noch. Aber in der Nacht überfällt uns die

Schwäche. Da liegen wir alle in unseren Häusern und warten auf sie. Es wird nicht mehr lange dauern, und sie haben uns alle erwischt. Ein paar Tage noch, dann werden wir uns gegenseitig das Blut aussaugen.«

Ich schüttelte den Kopf.

»So weit wird es nicht kommen, Mister, das schwöre ich Ihnen.«

»Was wollen Sie denn tun?« Er fragte es ohne Hoffnung.

»Wir sind gekommen, um die Brüder zu vernichten. So einfach ist das.«

»Ich wünsche es«, flüsterte er. »Ich wünsche es von ganzem Herzen, aber ich kann es nicht glauben. Nein, nein, das ist unmöglich.«

Mit der Handfläche streichelte ich über seine kalte Wange hinweg, an der Schweiß klebte. »Lassen wir es gemeinsam darauf ankommen.«

»Es wäre zu schön«, flüsterte er mit seiner matten Stimme.

»Und Sie wissen nicht, wo sie sich aufhalten?«, erkundigte ich mich. »Meinen Sie, dass wir sie noch in der Kirche finden werden?«

»Nein, auf keinen Fall. Dort sind sie nicht mehr. Nicht in der Dunkelheit. Sie haben sie längst verlassen und sind auf dem Weg durch den Ort. Kein Haus ist vor ihnen sicher, verstehen Sie? Kein einziges Haus. Sie haben jedem Bewohner ihre Zähne in den Hals geschlagen. Sie haben von jedem das Blut getrunken. Da gibt es überhaupt keine Unterschiede. Sie sind keine Menschen mehr. Sie nehmen keine Rücksicht. Ich habe es bei unserer Tochter erlebt. Es war so furchtbar.« In seinen Augen glitzerten Tränen. »Da musste ich als Vater mit anschauen, wie sie das Blut der Kleinen tranken. Es war einfach grauenhaft. Bei mir und meiner Frau war es das Gleiche.«

Ich konnte ihn verstehen. Es musste schrecklich für ihn gewesen sein, hilflos zuzuschauen. Sie waren wieder unterwegs. Wahrscheinlich schon in ein Haus eingedrungen, um wieder das Blut der Menschen trinken zu können.

»Okay«, sagte ich mit leiser Stimme und wollte ihm auch Mut machen. »Sie werden keine Angst mehr zu haben brauchen. Ich verspreche Ihnen, dass wir uns diese verdammten Bastarde holen. Sie verlieren in dieser Nacht kein Blut mehr.«

»Meinen Sie?«

»Bestimmt.«

Er schloss die Augen. Das Reden hatte ihn erschöpft. Ich trat von dem Sessel weg und wollte mich drehen, als ich einen erschreckten Laut hörte.

»John, die Kleine«, warnte mich Suko.

Ich fuhr herum und sah, was er damit gemeint hatte. Das Mädchen mit den blonden Haaren hatte sich aufgerichtet. Es bewegte unruhig den Kopf und stützte sich dabei an den Lehnen. Irgendetwas musste sie irrsinnig gestört haben. Nach außen hin war nichts passiert, es hatte keine Veränderung gegeben, und doch zeigte sich die Kleine uns gegenüber aufgeregt.

Suko ging zu ihr und beugte sich nach vorn. »Bitte, was hast du, Kleines?«

Das Mädchen warf einen Blick auf seine Mutter, doch die Frau bewegte sich nicht. Wie eine Statue hockte sie in ihrem Sessel und blickte starr nach vorn.

»Sag es. Nur dann können wir euch helfen.«

»Helfen?«

»Ja.«

Sie schüttelte den Kopf. »Nein, nicht mehr. Sie ... sie sind so schlimm. Sie kommen ...«

»Hierher?«

»Ja, ja, zu uns. Ich spüre es, und ich weiß es. Sie sind nicht mehr weit entfernt. Dann werden sie mich beißen. Einfach so. Sie hacken ihre Zähne in unsere Hälse. Sie beißen zu. Sie trinken das Blut. Sie werden auch mein Blut trinken und ...«

»Bitte, sei ruhig. Sie kommen nicht, das kann ich dir versprechen. Sie werden es nicht schaffen. Sie werden dein Blut nicht trinken können, glaube es mir.«

»Ich weiß es nicht ...«

Er streichelte ihre Wangen. »Keine Bange, meine Kleine, jetzt sind wir bei dir und deinen Eltern und passen auf.«

»Aber sie sind schon so nahe.«

»Das werden wir sehen.«

Suko drehte sich mir zu. »Glaubst du ihr?«, fragte er mit leiser Stimme.

»Ja. Kinder sind anders als Erwachsene. Viel sensibler. Ich bin davon überzeugt, ehrlich. Ich glaube ihr.«

Suko nickte. »Okay, dann müssen wir uns trennen. Bleib du hier, ich mache draußen noch mal die Runde.«

»Alles klar.«

Suko ging zur Tür. Wenig später war er wie ein Schatten verschwunden.

Ich blieb allein bei der Familie zurück und versuchte, mein Lächeln so echt wie möglich erscheinen zu lassen. Ich wollte ihnen Hoffnung geben, was nicht zu schaffen war.

Sie blieben weiterhin apathisch, was ich auch verstehen konnte. Was sie hinter sich hatten, wünschte ich keinem Menschen.

Ich war scharf darauf, die Blutsauger zu jagen, und es konnte mir nicht gefallen, hier bei der Familie zu bleiben. Aber in diesem Fall war das Leben der Menschen wichtiger.

Das Mädchen hatte sich normal hingesetzt. Es strich mit seinen Fingerkuppen über die beiden Bissabdrücke am Hals.

»Ich ... ich ... vertraue dir.«

»Danke«, erwiderte ich lächelnd und fühlte mich plötzlich viel, viel besser ...

Im Haus hielt sich kein Blutsauger auf. Zumindest nicht in der unteren Ebene. Oben sah es möglicherweise anders aus, und so schlich Suko die schmale Treppe hoch. Er gelangte in eine Etage mit niedriger Decke. Um sich orientieren zu können, hatte er seine Leuchte eingeschaltet. Beim Gehen tanzte der Strahl auf und nieder. Er leuchtete nicht nur nach vorn, sondern auch zur Seite hin. Er sah die gelbliche Tapete mit dem Schlangenmuster und entdeckte auch drei Türen, die zu kleinen Zimmern führten. Die Räume waren kaum größer als eine Hundehütte, aber sie waren leer bis auf die Möbel.

Suko ging trotzdem auf Nummer sicher. Er schaute auch in den Schränken nach, unter den Betten ebenfalls, aber die Spur eines Blutsaugers fand er nicht.

Das letzte Zimmer gehörte dem Mädchen. Es war eine regelrechte Puppenstube, und das im wahrsten Sinne des Wortes, denn die Kleine hatte Puppen gesammelt und an den verschiedendsten Stellen aufgebaut. Sie lagen auf dem Bett, saßen auf einem Stuhl und auch auf der Fensterbank.

Suko sah aus dem Fenster.

Der Blick fiel nicht vor das Haus, sondern nach hinten in ein Gelände, das alles andere als ein gepflegter Garten war. Selbst in der Dunkelheit war der Wirrwarr aus Büschen und Steinen zu erkennen, die so etwas wie eine schützende Mauer gegen den Wind bilden sollten. Suko hatte es schon bei seinem Rundgang um das Haus gesehen.

Diesmal sah er noch mehr.

Durch den Garten bewegte sich eine Gestalt. Und wie sie ging, wirkte sie nicht wie ein normaler Besucher. So kam ein Räuber, der seinen Weg durch die Dunkelheit fand, um andere Menschen zu überfallen.

Suko blieb ganz ruhig. Er wollte nicht, dass der andere ihn sah. Genau konnte er ihn im Mondschein auch nicht erkennen.

Er sah aus wie ein Mensch, aber er war keiner. Das Gesicht schimmerte heller, die Kleidung war dunkler, und sie flatterte bei jedem Schritt.

Die Gestalt schaute nicht nach oben. Sie näherte sich dem Haus, um es von der Rückseite, wahrscheinlich vom Anbau her zu betreten. Nach wenigen Sekunden war sie wieder aus Sukos Blickfeld verschwunden.

Der Platz im Zimmer und der am Fenster war ungünstig. Suko musste nach unten. Diesmal beeilte er sich, denn er hatte den weiteren Weg.

Die Dämonenpeitsche steckte schon griffbereit in seinem Gurt. Er würde auch blitzschnell an seine Beretta herankommen, das war alles kein Problem.

Trotz der Eile achtete Suko auf Geräusche. Er lief

die Treppe leise nach unten und hatte noch zwei Stufen hinter sich zu bringen, als er das Geräusch hörte.

Diesmal nicht an der Hinter- sondern an der Vordertür. Der Vampir hatte ihn geleimt. Wahrscheinlich hatte er ihn sogar am Fenster stehen sehen und dann seine entsprechenden Schlüsse gezogen.

Die Tür wurde aufgerissen, als Suko soeben die letzte Stufe der Treppe hinter sich ließ.

Er sah ihn.

Und der andere sah ihn!

Noch immer hatte Suko nicht den Beweis dafür bekommen, es mit einem Vampir zu tun zu haben. Und jetzt tat er etwas, das Suko verwunderte.

Der Untote griff nicht an. Er hatte Suko kurz gesehen und drehte sich so schnell herum, dass der Inspektor erst gar nicht die Gelegenheit bekam, die Beretta zu ziehen oder seine Dämonenpeitsche hervorzuholen.

Die schnelle Drehung, dann sprang er von der Tür weg. Er tauchte hinein in die dunkle Nacht, und Suko kam sich plötzlich vor wie der große Verlierer.

Es war keine Zeit mehr, John Sinclair zu informieren. Er wollte und musste den Blutsauger fassen. Deshalb nahm er die Verfolgung auf ...

Verdammt, es ist also wahr!

Dieser Satz schoss Sheila durch den Kopf. Bisher hatte sie die Tatsachen verdrängt und sich selbst Mut gemacht, indem sie sich eingeredet hatte, dass alles nicht so schlimm sein würde. Das sah jetzt anders aus, denn Biggs Frau Lorna kam die Treppe herab.

»Und ich habe keine Waffe«, flüsterte Sheila.

Sie ließ die Frau nicht aus der Kontrolle. Lorna hatte sich von ihren Fesseln befreien können, was darauf schließen ließ, dass ihr bereits übermenschliche Kräfte mit auf den Weg gegeben worden waren und sie vom Menschen zu einem Vampir mutiert war, der jetzt auf dem Weg war, um sich das kostbare Blut zu holen.

Das Licht war zwar schwach, trotzdem konnte Sheila ihr Gesicht sehen.

Lorna Biggs wirkte fast wie eine böse und zugleich auch lächerliche Comic-Figur. Ihr Haar war hell gefärbt. Mehr weiß als blond. Sie hatte ein rundes Gesicht, und sie war um einiges jünger als ihr Mann. Die Oberlippe des breiten Mundes hatte sie zurückgeschoben, sodass jeder ihr Markenzeichen sehen konnte.

Sheila kannte derartige Zähne. Sie wurde nicht zum ersten Mal mit den blutgierigen Saugern konfrontiert. Sie kannte sich verdammt gut aus, und sie spürte, wie ihr Herz schneller schlug. Sich vorzustellen, wie die beiden Zahnspitzen in die weiche Halshaut hacken würden, war ihr ein Greuel.

Auch Trevor Biggs hatte seine Probleme. Schlimmer als Sheila. Er hatte alles getan, um seine Frau zu retten. Jetzt aber war für ihn eine Welt zusammengebrochen. Bevor er selbst noch zusammenbrach, musste er von hier verschwinden.

Deshalb drehte Sheila sich um. Sie wollte mit Biggs reden, der den Mund nicht mehr zubekam und auch nicht wusste, was er sagen sollte.

»Gehen Sie!«

»Ja, ja ... aber meine Frau ...« Er bewegte seine Hände unkontrolliert.

Noch war etwas Zeit. Sheila packte ihn kurz an und

stieß ihn von sich weg. Einfach hinein in den Flur, an dessen Ende die Haustür lag. »Los, hauen Sie ab!«

Ob Biggs es begriffen hatte, wusste sie nicht. Aber ihre Stimme war laut genug gewesen, und ihre Worte glichen auch einem Befehl, den Biggs verstanden hatte.

Für ihn gab es kein Halten mehr. Er rannte weg.

Seine Füße polterten über den Boden hinweg. Es hörte sich an wie schwere Hammerschläge. Als ein kühler Luftzug Sheila erwischte, da wusste sie, dass es der Glöckner geschafft hatte.

Lorna Biggs war stehen geblieben. Sie stand auf der Treppe und wirkte irritiert. Wahrscheinlich hatte ihr die Flucht des eigenen Mannes nicht gepasst. Sie trug ein einfaches Kleid aus grauem Stoff, das bis zu den Waden reichte. Ihre Füße waren nackt, und beim nächsten Schritt tappten sie auf das Holz der Stufe.

Genau in diesem Moment verließ Evelyn Dolan das Zimmer. Sie hatte bisher angstvoll gewartet. Jetzt tauchte sie auf der Schwelle auf und brauchte zwei, drei Sekunden, um die Lage zu erfassen.

Sie riss den Mund auf. Sie sah die schreckliche Frauengestalt mit den spitzen Zähnen, und plötzlich zerriss etwas in ihr.

»Neiinn!«, schrie sie. »Neinn . . .!« Anstatt nach vorn zu laufen, blieb sie stehen. Sie schüttelte sich. Sie schrie, sie heulte immer noch das eine Wort. Vielleicht dachte sie auch an ihren verstorbenen Mann, der einer solchen Gestalt zum Opfer gefallen war.

»Hau doch ab!«, brüllte Sheila.

Sie tat es nicht. Wie vor den Kopf geschlagen blieb sie stehen, als hätte sie der Anblick zu Eis werden lassen.

Sheila Conolly musste etwas tun. Sie konnte nicht warten, bis die andere Seite die Initiative übernommen hatte, die für beide Frauen so grausam enden würde.

Sie war immer dagegen gewesen, sich mit den Mächten der Finsternis anzulegen oder diesen Kampf auch nur zu suchen. Doch wenn es darauf ankam, war Sheila da. In solchen Situationen sprang sie über ihren eigenen Schatten. Wie auch jetzt.

»Du musst weg, verdammt!«, schrie sie Evelyn an und beließ es nicht dabei. Sie fasste mit beiden Händen zu, erwischte Evelyns Kleidung und zerrte sie zu sich heran, wuchtete sie dann an sich vorbei, sodass die Frau in Richtung Haustür taumelte und Sheila ihr noch »Renn weiter!« zurief.

Was Evelyn draußen erwartete, wusste Sheila auch nicht. Aber es konnte kaum schlimmer sein als hier.

Sie drehte sich.

Sekunden nur war sie abgelenkt. Während Sheila durch die offene Tür nach draußen in die Dunkelheit rannte, hatte die Blutsaugerin die letzte Chance genutzt.

Sie hätte schon früher handeln können, doch erst jetzt warf sie sich nach vorn.

Sheila konnte ihr nicht mehr ausweichen. Plötzlich prallte die Gestalt gegen sie. Der Druck trieb sie nach hinten bis gegen die Wand. Sheila stieß sich den Kopf, aber das ignorierte sie. Ihr war klar, dass die Untote übermenschliche Kräfte besaß. Sie würde mit aller Macht versuchen, die Zähne in Sheilas Hals zu schlagen, das alles stand vor ihr wie in einem Buch.

Weit hatte Lorna ihren Mund aufgerissen.

Sheila rammte den Kopf vor.

Ihre Stirn krachte in das Gesicht der Unperson. Es war ein Treffer, der auch die Nase erwischte und sie deformierte, aber die Blutsaugerin nicht fertigmachte.

Sie brüllte Sheila an und setzte auch ihre Fäuste ein. Sheila wurde in der Körpermitte getroffen. Sie schnappte nach Luft. Plötzlich wurde ihr schwarz vor Augen.

Es wäre für Sheila absolut tödlich gewesen, wenn sie zusammengebrochen wäre, und dieses Wissen gab ihr die Kraft zur Gegenwehr. Sie riss ein Knie hoch, traf etwas Weiches. Der Druck des anderen Körpers wurde von ihr genommen, und dann hörte sie ein Poltern, als die Blutsaugerin nach hinten fiel und auf die Treppe krachte.

Sheila hatte Luft. Sie bekam auch wieder Luft, obwohl jedes Einatmen schmerzte. Außerdem hatte sie gelernt, nicht so leicht aufzugeben. Sheila konnte zu einer wahren Tigerin werden, das hatte sie in der Vergangenheit schon oft genug bewiesen.

Sheilas Stoß hatte Lorna bis zur Treppe zurückgeschleudert. Dort war sie über die erste Stufe nach hinten gefallen. Ihre Bewegungen waren noch nicht so glatt und sicher wie die eines Menschen. Es dauerte, bis sie sich an ihren neuen Zustand gewöhnt hatte. Auch ihr Gesicht sah nicht mehr so aus wie sonst. Die deformierte Nase sah jetzt aus wie ein dicker Klumpen, aus dem kein Blut gedrungen war.

Sie kam wieder hoch. Mit dem linken Arm stemmte sie sich auf der Treppenkante ab. Sheila suchte verzweifelt nach einer Waffe, mit der sie die Untote aufhalten konnte. Jetzt fehlte ihr Bills Pistole, und John Sinclair ließ sich auch nicht blicken. Aus dieser Lage musste sie sich allein befreien.

Lorna schnappte nach ihrem Bein.

Sheila war schneller und trat zu. Sie traf die Hand, dann holte sie noch einmal aus und erwischte das Gesicht und den Hals. Lorna kippte wieder zurück, doch sie war alles andere als erledigt. Sie würde weitermachen, um an das Blut des Menschen zu gelangen.

Sheila erkannte jetzt, dass sie sich auf keinen langen Kampf einlassen konnte. Sie war ohne Waffe. Deshalb blieb ihr eigentlich nur eines übrig, auch wenn sie sich vom Naturell her dagegen sträubte.

Es war die Flucht!

Wegrennen. In der Dunkelheit abtauchen. Sich verstecken. In die Kirche laufen, wo Bill in diesem verdammten Schacht feststeckte. Aber er hatte eine Waffe. Wenn er sie ihr gab, dann würde sie die Blutsaugerin vernichten.

Lorna griff wieder an.

Diesmal kam sie nicht an Sheila heran. Sheila huschte mit einer schnellen Bewegung zur Seite. Selbst Lornas ausgebreitete Arme reichten nicht aus. Die Hände verfehlten sie. Beide prallten gegen die Wand, und Sheila hörte so etwas wie einen Fluch.

Sie war schon auf dem Weg zur Haustür. Die fliehende Evelyn hatte sie nicht hinter sich geschlossen. Die Tür war gegen die Wand geprallt und zur Hälfte wieder zugefallen.

Sheila zerrte sie ganz auf. Sie wollte mit einem Satz über die Schwelle ins Freie setzen, blieb aber stehen, denn was sie da sah, glaubte sie einfach nicht ...

Einer der Vampir-Brüder war da!

Und er war nicht allein, denn er hatte sich Evelyn Dolan geholt. Er hielt sie an ihren roten Haaren gepackt und schleifte sie einfach hinter sich her.

Evelyn lag auf dem Boden. Sie musste irrsinnige Schmerzen durchleiden, und sie schrie auch jetzt zum Steinerweichen.

Der Vampir kannte kein Pardon.

Schritt für Schritt ging er weiter, und sein Ziel war das Haus mit Sheila in der offenen Tür.

Sein Gesicht war hässlich. Alt und grau, mit Flecken von getrocknetem Blut darin. Ob er Evelyn angefallen hatte, sah Sheila nicht. Am Maul des Vampirs jedenfalls malte sich kein verschmiertes Blut ab.

Es war Sheilas Fehler gewesen, dass sie sich von dem Anblick zu sehr hatte schocken lassen. Als sie sich zu einer Flucht entschloss, war es zu spät.

Da war der Vampir bereits zu nahe an das Haus herangekommen. Er wuchtete die schreiende Evelyn hoch und schleuderte sie auf Sheila zu. Der Körper versperrte ihr den Weg. Sheila fing die Frau ab und war mit ihr beschäftigt. Sie sah für einen Moment das Gesicht der rothaarigen Evelyn.

Es hatte sich völlig verändert. Es war nicht zu sehen, ob der Vampir zugebissen hatte. Sheila wusste auch nicht, ob Evelyn noch alles mitbekam, für sie gab es das normale Leben nicht mehr. Sie war ein Bündel aus Angst und Panik.

Sheila hatte den Stoß zwar abfangen können, war jedoch zurückgetaumelt und wäre fast über ihre eigenen Beine gestolpert.

Jetzt stand sie da.

Eingefroren. Sie schaute an der linken Schulter der

Frau vorbei, die jammerte und sich an Sheila festkrallte wie eine Schiffsbrüchige an eine Planke.

Nach hinten war ihr der Weg durch Lorna versperrt. Vor ihr stand einer der Vampir-Brüder.

Sheila sah es klar und nüchtern.

Sie steckte in einer Falle!

Ich war bei der apathischen Familie zurückgeblieben und wusste nicht, ob es richtig gewesen war. Suko befand sich nicht mehr im Haus. Er war durch die Tür gestürmt, ohne mir Bescheid zu geben, und genau das ärgerte mich.

Wahrscheinlich hatte er einen der Blutsauger entdeckt und die Verfolgung aufgenommen.

Es gab noch einen zweiten!

Würde er kommen?

Diese Frage stellte ich mir natürlich. Ich konnte daran glauben oder auch nicht. Ich neigte mehr zum Unglauben, denn in Old Harbour gab es zahlreiche Häuser, in denen noch genügend Opfer auf ihn warteten.

Das blonde Mädchen saß im Sessel. Es ging ihm noch am besten von allen. Ich wusste inzwischen, dass die Kleine Kimberly hieß. Sie schaute mich aus ihren großen, wenn auch leider trüben Augen an. Ein paar Mal hatte sie schon angesetzt, um etwas zu sagen. Ich hatte ihr auch zugelächelt, aber nie ein Worte aus ihrem Mund gehört.

Jetzt unternahm sie wieder einen Versuch. Und plötzlich konnte sie sprechen.

»Du rettest uns, nicht?«

»Klar, Kim.«

»Ich meine es ernst.«

»Ich auch.«

»Sie kommen und holen uns. Ich habe oben Puppen, und ich will nicht, dass ihnen auch noch etwas passiert. Das ist ein Böser. Der ist aus der Hölle gekommen.«

»Nicht ganz«, sagte ich, weil ich sonst nicht wusste, was ich sagen sollte.

»Ein Teufel.«

»Nicht direkt.«

»Er beißt uns«, flüsterte sie und fuhr hoch zu ihrem Hals. »Hier oben hat er mich gebissen. Dann trank er das Blut. Wie auch das von Ma und Pa.«

Ich biss die Zähne zusammen. Mein Zorn vervielfältigte sich, aber auch das Bewusstsein, dass ich hier stand und nichts tun konnte. Ich war einfach hilflos, und so etwas ärgerte mich.

Ich spürte mein Zittern. Der Raum kam mir eng vor. Kimberly schaute wieder ins Leere. Sie wirkte so müde wie ihre Eltern, die einfach nur apathisch in den Sesseln lagen.

Verdammt, ich hielt es hier im Haus nicht mehr aus.

»Ich gehe mal kurz vor die Tür«, flüsterte ich Kimberly zu und wusste nicht, ob sie mich überhaupt gehört hatte.

Die Haustür war schnell erreicht, und noch in der gleichen Sekunde stockte mein Atem.

Gellende Angstschreie hallten durch den leeren Ort!

Suko hatte sich geirrt. Er war davon ausgegangen, den Vampir schon nach wenigen Schritten stellen zu können. Das war ihm leider nicht gelungen. Auch nach mehr als hundert Metern hatte er ihn nicht eingeholt. Der Blutsauger kannte sich aus. In diesem Ort war ihm jeder Winkel bekannt, und so hetzte er weiter.

Er huschte hinein in die Gassen und damit in die besonders dunklen Stellen. Suko bekam ihn nicht mehr zu Gesicht, aber er hörte ihn. Der Vampir rannte weg, und er war schnell.

Suko blieb ihm auf den Fersen. Die Echos der hastigen Schritte wiesen ihm den Weg, der ihn nach rechts führte, tiefer hinein nach Old Harbour und dabei dorthin, wo auch das größere Haus stand, die Kirche!

Plötzlich wusste der Inspektor Bescheid. Sie hatten die Kirche als ihr Hauptquartier ausgesucht. Dort fühlten sie sich sicher, aber dort gab es auch einen Mann namens Bill Conolly, der in einem verdammten Schacht steckte.

Der flüchtende Blutsauger erreichte die Kirche als Erster. Suko war schon so nahe an ihn herangekommen, dass er den dumpfen Laut hörte, der entstand, als der Flüchtende gegen ein Hindernis gerannt war. Wahrscheinlich die Tür, die er dann aufriss.

Er malte sich wie ein düsterer Scherenschnitt überdeutlich ab. Alles war für Suko genau zu sehen. Er war für einen Moment auf der Stelle stehen geblieben.

Der Blutsauger hatte die Tür aufgerissen. Zwei Sekunden später verschwand er in der Kirche. Er hatte sich förmlich hineingedreht, aber die Tür nicht mehr zugedrückt.

Wenig später hatte auch Suko das Ziel erreicht. Da war die Tür nicht einmal zugefallen. Er sprang über die Schwelle und kümmerte sich kaum um seine eigene Sicherheit.

Es war nicht unbedingt nötig, denn er hörte die Trittechos weiter vor sich.

Und er hörte eine Stimme.

»Verdammt, wer ist da?«

Der Klang drang ihm aus der Erde entgegen, und Suko musste leicht grinsen, als er daran dachte, dass sein Freund Bill Conolly in einem Schacht steckte.

Aber er lebte und war da!

»Keine Panik, Bill, ich bin es.«

Ein Lachen hallte durch den Bau. »Aber bestimmt nicht allein – oder?«

»Nein. Ich hole ihn mir!«

»Wunderbar.«

Der Vampir hatte die Worte der beiden gehört. In seinem Gehirn musste ein bestimmter Plan entstanden sein, denn sonst hätte er nicht so reagiert.

Suko sah ihn laufen.

Er dachte daran, dass er bis zu dem zweckentfremdeten Altar vor ihm laufen wollte, aber plötzlich war er nicht mehr zu sehen. Als hätte ihn der Boden verschluckt.

Der Vergleich war nicht mal falsch. Der Untote wollte unbedingt Blut. Und das sollte ihm Bill geben ...

Sheila Conolly konnte es sich aussuchen, wessen Zähne sie in ihrem Hals spüren wollte. Vor ihr drängte die graue Gestalt weiter nach vorn. Hinter sich hörte sie ein undefinierbares Geräusch, das wahrscheinlich aus Lornas Mund gedrungen war.

Und Evelyn Dolan klammerte sich in Panik an Sheila fest. Damit schränkte sie auch deren Bewegungsfreiheit ein.

Galka war so nah an die Tür herangekommen, dass er gegen sie treten konnte.

Er wuchtete sie so weit wie möglich auf. Sie prallte gegen die Wand, schwang wieder zurück und wurde von einem hochgestellten Fuß aufgefangen.

Scheiße! Was mache ich? Die Gedanken jagten durch Sheilas Kopf. Sie war nicht in der Lage, eine Lösung zu finden. Sie schaute sich um. Ihr Kopf ruckte nach rechts und nach links. Sie atmete unregelmäßig. Immer wieder maß sie die Entfernung zwischen sich und den beiden Blutsaugern ab.

Lorna war näher an sie herangekommen. Drei kleine Schritte noch, dann ...

Sheila dachte nicht mehr weiter. Sie handelte. Sie hatte gesehen, dass zwischen ihr und Lorna noch eine Tür war. Nicht ganz geschlossen. Sie konnte sie auframmen.

Bevor die Untote sie erreicht hatte, zerrte Sheila ihren Schützling mit in die schmale Nische hinein. Sie prallte mit dem Rücken gegen die Tür und stieß sie auf.

Das Wegfallen des Widerstands ließ sie taumeln. Evelyns Gewicht wurde für sie zu einer Last, und Sheila konnte sie nicht mehr halten. Sie prallte gegen ein Hindernis. Das war ihr Glück. So hielt sie der alte Küchenschrank davon ab, zu Boden zu fallen. Durch den Druck öffnete sich eine der Türen. Durch den Anprall kippten Flaschen um und fielen zu Boden, wo sie zerbrachen.

Öl, Essig und andere Flüssigkeiten liefen aus. Sie bildeten eine Lache zwischen den Scherben. Dieses Bild brachte Sheila auf eine Idee.

Evelyn war jetzt unwichtig geworden. Sie schleuderte die Frau auf das kleine Fenster zu und schrie: »Bleib dort stehen!« Dann fiel sie fast auf den Boden, als sie mit einer Hand noch einer Scherbe griff, die groß genug war und eine dreieckige Form aufwies, fast wie eine Messerklinge.

Es war Sheila egal, ob sie sich schnitt oder nicht. Auch wenn ihr Handballen blutete, jetzt gab es andere Dinge, die gerichtet werden mussten.

Sie schrie und griff an!

Lorna wich nicht zur Seite. Sie hatte auch mehr auf die wimmernde Evelyn geschaut, die am Boden lag, und so bekam sie den Stoß mit der Scherbe voll mit.

Sheila hatte auf den Hals gezielt und auch getroffen. Plötzlich steckte das Dreieck in der Kehle fest, und der Kopf der Blutsaugerin ruckte nach hinten.

Blut quoll aus der Wunde, während zugleich ein Röcheln ihren weit offenen Mund verließ.

Ob sie vernichtet war, das stand nicht fest. So etwas konnten auch Blutsauger verkraften, aber sie war zumindest abgelenkt, und die Zeit wollte Sheila nutzen.

Dass der Ballen ihrer rechten Hand blutete, war ihr gleichgültig. Auch dass einer der Galkas an der Tür erschien. Sie wollte durch das Küchenfenster fliehen. Es war glücklicherweise groß genug. Zunächst musste Evelyn ins Freie geschafft werden.

Irgendwie hatte sie gespürt, dass es eine Chance gab, das Leben zu retten. Sie stemmte sich aus eigener Kraft in die Höhe. Sheila sah, dass sie aus einer Wunde am Hals blutete. Galka hatte sie angekratzt, aber nicht blutleer gesaugt.

Sheila riss das Fenster auf.

»Raus!«, brüllte sie.

Geschirr und eine alte Menage flogen zur Seite. Sheila riss den Vorhang ab und gab Evelyn, die schon kletterte, aber noch zu langsam war, einen heftigen Stoß, der sie durch das Fenster katapultierte. Mit dem Kopf nach vorn fiel sie in das Dunkel hinein. Wo sie aufschlug, war jetzt unwichtig. Es galt nur, ein Leben zu retten.

Auch Sheila wollte hinausklettern.

Plötzlich schien ihr Kopf in Flammen zu stehen. Ein irrsinniger Schmerz durchzuckte ihn.

Sie hatte sich nicht umgedreht, aber sie wusste genau, was mit ihr passiert war.

Galka hatte bei ihr ebenso reagiert wie bei Evelyn. Sheilas Haare wuchsen zwar nicht so lang, aber sie waren lang und dicht genug, um sie für die Aktion gebrauchen zu können.

Schmerz und Druck. Das Lachen. Sie konnte sich nicht wehren und wurde mit brutaler Gewalt nach hinten gezogen. Jemand rammte seinen Fuß gegen ihre Beine. Sheila verlor den Halt. Sie fiel nach hinten, ihre Haare wurden losgelassen, dann prallte sie wuchtig auf den Rücken und blieb geschockt liegen.

Galka stand neben ihr.

Aus seinen toten Vampiraugen glotzte er auf sie nieder. Um seine Zähne herum lag ein gelblicher Geifer, der zu seinem Kinn rann.

Er hob den rechten Fuß an und stellte ihn auf Sheilas Bauch. So hart, als wollte er die Eingeweide zusammendrücken.

»Und jetzt trinke ich dein Blut . . .«

Bill Conolly hatte nichts gesehen. Er musste sich auf seine Ohren verlassen. Was er allerdings hörte, ließ die Welt schon wieder um einiges besser aussehen.

Suko war da.

Aber auch einer der beiden Galka-Brüder. Warum er in die Kirche geflüchtet war, wusste Bill nicht. Vielleicht vermutete er hier besseren Chancen.

Die Schritte kamen näher, erreichten den Schacht. Bill hatte sich mit dem Rücken gegen die Wand gepresst und schaute in die Höhe, weil er unbedingt den Rand sehen wollte.

Dort sah er die Bewegung. Für einen Moment sah sie aus wie ein tanzender Schatten, der schon etwas Kasperleartiges an sich hatte, aber nicht an der Stelle stehen blieb und einen Schritt nach vorn ging.

Der ist verrückt, dachte Bill noch, und dann fiel der Vampir in die Tiefe.

Bill war jetzt froh, dass er sich bis an die Schachtwand zurückgezogen hatte, sonst wäre der verdammte Körper auf ihn gefallen.

Er erwischte ihn nicht. Wie ein Stein so schwer schlug er auf den Boden. Bill kannte sich aus. Der Vampir war nicht mit einem Menschen zu vergleichen. Die Schmerzen, die er, Bill, nach dem Fall gespürt hatte, waren bei dem Vampir nicht vorhanden.

Er kam wieder hoch. Er wollte Blut. Endlich das Blut eines Menschen. Trotz der Dunkelheit las der Reporter in den toten Augen die verdammte Gier, und er lachte scharf auf.

Dann zog er die Waffe!

Bill streckte seinen Arm vor. Die Mündung zielte genau auf das Gesicht des Untoten.

Zugleich erschien Suko am Rand der Luke. »Was ist da unten los, Bill?«

»Keine Panik, Partner. Er ist hier, aber ich habe noch meine Beretta und die Kügelchen.«

»Dann sorg für ein Ende!«

»Darauf kannst du dich verlassen!«

Galka schüttelte den Kopf. Ob er alles verstanden hatte, war ihm nicht anzusehen. Röchelnde Laute drangen aus seinem Maul, die irgendwie zufrieden klangen. Eine Waffe störte ihn nicht. Er konnte ja nicht wissen, welche Kugeln in dem Magazin steckten.

Bill konnte sich das Grinsen einfach nicht verkneifen. Es musste raus. Er wollte seinen Triumph zeigen. »Es ist vorbei!«, flüsterte er der Gestalt zu. »Es wird dich bald nicht mehr geben, mein Freund. Hast du verstanden?«

Galka schüttelte den Kopf.

»Okay, dann eben nicht!«

Bill schoss!

Dann sah er, das seine geweihte Silberkugel in das alte, hässliche, graue und blutverkrustete Gesicht hineingeschlagen war.

Galka flog nicht weit zurück. Die Schachtwand stoppte ihn. Es sah so aus, als wollte er daran kleben bleiben.

Er stieß einen undefinierbaren Laut aus, riss die Arme hoch und schlug die Hände vors Gesicht.

Bill war bereit, ein zweites Mal zu schießen. Es war nicht mehr nötig, denn er erlebte keinen weiteren Angriff mehr. Galka kam nicht mehr weg. Er blieb stehen, verdeckte das Gesicht, und über seinem Kopf hörte Bill Sukos Stimme.

»Kann ich gratulieren?«

»Du kannst.«

»Super.«

»Dann sieh mal, dass du etwas findest, um mich hier herauszuholen.«

»Mache ich gleich.«

»Und was ist mit Sheila? Hast du sie gesehen ...?« Bill hörte diesmal keine Antwort, und seine Sorgen vervielfältigten sich. »Verdammt, was ist mit ihr?«

»Ich habe sie hier in Old Harbour noch nicht gesehen.«

»Und den anderen Vampir?«

»Keine Ahnung. Er ist unterwegs.«

»Und John?«

»Auch.«

»Verdammt!« Bills Stimme klirrte. »Wenn die Brüder sie und Evelyn erwischt haben ...«

»Nein, das glaube ich nicht. Zumindest dieser eine nicht, weil er von uns ...«

»Und was ist mit dem zweiten?«

»Ich denke, dass John ihn gefunden hat.«

»Aber sicher bist du nicht?«

»Nein.«

Vor Bill bewegte sich Galka. Er ließ seine Hände sinken, sodass sein Gesicht wieder frei lag. Obwohl Bill kaum etwas erkennen konnte, fiel ihm auf, dass zwischen den Fingern des Blutsaugers und dessen Gesicht etwas klebte.

Leim?

Nein, es war kein Leim. Bill sah es besser, als die Hände noch tiefer gesunken waren. Es war die Haut des Blutsaugers, die er sich wie eine alte Pelle abgezogen hatte. Jetzt bestand sein Gesicht nur aus altem Fleisch.

Galka fiel zusammen. Auch der Gegendruck der Schachtwand half ihm nicht mehr. Er gehörte zu den alten Vampiren, sonst wäre er nicht dabei gewesen, allmählich zu verfallen und sich aufzulösen. Seine Zeit war endgültig vorbei.

Bill wollte nicht sehen, welcher widerliche Rest von dem Untoten zurückblieb. Er blickte in die Höhe. Noch immer stand Suko am Schachtrand. Sein Umriss war deutlich zu sehen.

»Und was ist jetzt mit Sheila?«, rief Bill,

Der Inspektor wusste es auch nicht. Er machte sich ebenso Sorgen. Bill trat vor Wut gegen die Schachtwand. »Verdammt, und ich stecke hier fest!«, schrie er.

»Ich gehe sie suchen.« Die Antwort wartete Suko nicht ab. Er machte kehrt und verließ die Kirche...

Es war eine Szene, die ich direkt sah, weil ich auf diesem Weg dem Haus entgegenrannte, aus dem ich die Schreie gehört hatte. Für mich war es eine Strecke gewesen, die mit Glasscherben gespickt zu sein schien. Ich spürte ein Brennen in den Füßen, ich spürte auch das Brennen in meiner Seele und befürchtete einfach, zu spät zu kommen. Wer geschrien hatte, wusste ich nicht. Für mich stand nur fest, dass es eine Frau gewesen war.

Auch andere Menschen hier im Ort mussten die Schreie gehört haben, doch niemand kümmerte sich darum. Die Fenster und Türen blieben geschlossen. Sicherlich lagen die Menschen ebenso apathisch in ihren Häusern wie Kimberly und ihre Familie.

Und dann sah ich das, was mich so schockte. Das Haus war von innen kaum erleuchtet. Trotzdem fiel mir das geöffnete Fenster neben der offenen Haustür auf.

Eine Frau fiel hindurch.

Ja, sie fiel, denn sie kletterte nicht. Sie wurde gestoßen. Ich glaubte, hinter ihr den Umriss einer Gestalt zu sehen. Möglicherweise ebenfalls eine Frau.

Eines war sicher. Die Person, die durch das Fenster gewuchtet wurde, war nicht Sheila Conolly gewesen. Sie hatte dunklere Haare, und sie fing an zu jammern, bevor sie auf allen Vieren vom Fenster her wegkroch.

Wo sollte ich hinein? Durch die Tür oder durch das Fenster?

Ich entschied mich für das Fenster. Dort erhielt ich auch einen besseren Überblick und musste nicht erst noch lange laufen. Der Blick in den Raum war entlarvend.

Nicht nur, dass ich in eine Küche schaute, ich sah auch Sheila Conolly, die am Boden lag. Neben ihr stand eine graue Gestalt. Sie hatte einen Fuß auf Sheilas Körper gesetzt und hielt sie so in dieser Haltung.

Nahe der Tür war eine Frau dabei, sich aufzurichten. Aus ihrem Mund fuhr mir ein Fauchen entgegen, und zugleich setzte sie sich in Bewegung. Sie hatte mich am Fenster erkannt, sie rannte auf mich zu und wollte mein Blut.

Für einen Moment sah ich nur ihr Gesicht, denn es nahm mein gesamtes Blickfeld ein. Ein Frauengesicht mit weit geöffnetem Mund, aber auch noch mehr.

Zwei Vampirzähne.

Es war der Augenblick, in dem ich eiskalt wurde. Die Beretta hielt ich bereits in der rechten Hand. Die Untote musste in das Loch der Mündung sehen, vor dem sich einen Moment später eine kleine, bläuliche Schussflamme zeigte.

Ich hörte den Knall und sah auch den Einschlag der Kugel. Das geweihte Silbergeschoss bohrte sich tief in die linke Brustseite des Wesens hinein.

Die Kugel stoppte den Lauf der Gestalt nicht. Sie hatte noch genügend Kraft, um bis an das Fenster zu gelangen. Dann prallte sie gegen die Fensterbank, sackte in die Knie und klammerte sich noch mit den Händen an der Kante fest.

Ich stieg bereits hoch. Mein Fuß traf beim Einsteigen ihren Kopf und schleuderte die vernichtete Person auf den Rücken. Mit dem nächsten Sprung war ich in der Küche, und mein Schrei störte auch den alten Blutsauger.

Welcher von den beiden Galkas es war, interessierte mich nicht. Ich sah nur dieses grauenerregende Gesicht, das mir wie geschnitzt erschien. Das hier war kein Schönling wie Beau Leroi, den wir vor einigen Wochen erledigt hatten, dieser Vampir war jemand, der die andere Seite dieses Daseins präsentierte. Die hässlichste aller Vampirfratzen, und er wusste auch, das ich gekommen war, um mit ihm abzurechnen.

Plötzlich warf er sich mir entgegen.

Ich feuerte.

Ob die zweite Kugel auch getroffen hatte, bekam ich in der Hektik nicht mit. Ich hörte noch Sheila leise schreien, dann riss ich mein rechtes Knie in die Höhe, traf den Unterleib des Blutsaugers und hebelte ihn zurück.

Er drehte sich noch und prallte gegen den alten Küchenschrank, dessen Türen sowieso offen standen. Wie nebenbei fielen mir die Scherben auf dem Boden auf, und ich glaubte auch, eine davon im Hals der Blutsaugerin gesehen zu haben.

Geschirr geriet in Bewegung und rutschte von den Regalen über die Gestalt des Blutsaugers hinweg. Er schlug um sich. Dabei erwischte er einen Teller, der durch den Druck hautnah an meinem rechten Ohr vorbeiflog.

Der Vampir würde springen, er würde angreifen. Ich streckte meinen rechten Arm vor, hielt die Beretta dabei schräg und versorgte ihn mit der nächsten Kugel.

Diesmal jagte sie in das graue Gesicht und dabei genau in seine breite Stirn hinein.

Sie riss ein Loch. Sie zerstörte viel. Irgendeine Masse spritzte hervor.

Der Blutsauger sackte zusammen. Seine angewinkelten Arme stießen noch mit den Ellenbogen gegen das vorstehende Unterteil des Schranks, ohne den Fall aufhalten zu können.

Er würde vergehen, und ich hatte ihn nach der klassischen Methode erwischt, ohne ihn allerdings gepfählt zu haben. Als er dem Boden entgegenstürzte, da sah ich sein Gesicht.

Es befand sich bereits im Stadium der Auflösung. Von der Stirn her war die Haut weich geworden. Sie rollte sich auf und glitt allmählich nach unten.

Eine dritte Kugel konnte ich mir sparen.

Dafür wandte ich mich Sheila zu. Sie versuchte, auf die Beine zu gelangen. Es war schwer, denn sie hatte noch immer unter den Folgen des Bauchtritts zu leiden. Ich half ihr hoch. Als ich die rechte Hand umfasst hielt, spürte ich die klebrige Nässe. Die Wunde war im Handballen, der einen tiefen Schnitt erhalten hatte.

Sheila schaute mich an. Sie zitterte, aber auch in dieser Lage dachte sie an ihren Mann.

»Bill?«

»Ist bestimmt okay.«

»Genau das kann ich bestätigen«, sagte Suko vom Fenster her und winkte, als wir uns gedreht hatten. »Er hockt zwar in seinem Schacht, aber er hat den zweiten der Vampir-Brüder zur Hölle geschickt. Und somit auch den verdammten Fluch gelöscht.«

Eine bessere Mitteilung hätte uns Suko nicht machen können. Sheila war so erleichtert, dass sie sich gegen mich lehnte und zu weinen begann . . .

Suko hatte einen Strick aufgetrieben und war schon losgegangen. Sheila und ich folgten ihm langsamer zur Kirche hin. Zudem blieben wir noch an der Seite des Hauses stehen. Dort hockte ein Mann am Boden, der eine Frau in seinen Armen hielt. Er schaute uns entgegen. Ich kannte ihn nicht, aber Sheila.

»Sie wissen es?«, fragte sie.

»Meinen Sie Lorna?«

»Ja.«

»Ich habe sie gesehen.«

»Sie ist erlöst, Mr. Biggs. Auch wenn es Ihnen schwer fällt, aber Sie sollten versuchen, sich daran zu gewöhnen. Nichts Besseres hätte Lorna passieren können.«

Ich ahnte, wer Lorna war, wollte es aber genau wissen. Sheila erklärte mir, dass die Blonde, die durch meine Kugel gestorben war, seine Frau gewesen war.

Dann schaute Sheila auf ihre rechte Hand, um die sie ein Taschentuch gewickelt hatte. »Evelyn Dolan und ich haben wahnsinniges Glück gehabt, John.«

»War es nur Glück?«

»Wieso?«

Ich legte einen Arm um sie. »Oder hast du nicht auch etwas dazu mit beigetragen?«

»Ein wenig schon.«

»Stell dein Licht nicht unter den Scheffel, Sheila. Oder weißt du, ob es noch mehr Vampire hier in Old Harbour gibt?«

»Nein. Aber sie wären zu Vampiren geworden, hätten wir nicht eingegriffen. Klänge es nicht so pathetisch, würde ich sagen, dass uns der Himmel geschickt hat. Die anderen werden sich erholen, schätze ich. Da brauchen wir das Ereignis nicht an die große Glocke zu hängen.«

Ich öffnete Sheila die Kirchentür, die wieder zugefallen war. Suko stand bereits neben dem Schacht. Er hatte ein Seil nach unten gelassen und leuchtete hinein.

Bill schaute hoch.

Als er Sheila sah, leuchteten seine Augen. Aber es saß auch ein Kloß in seiner Kehle, der ihm das Sprechen unmöglich machte.

Neben dem Reporter lagen die Reste des zweiten Vampirs. Ihnen einen weiteren Blick zu gönnen lohnte sich nicht.

Gemeinsam zogen wir Bill in die Höhe. So konnte er endlich seine Frau in die Arme schließen.

Suko und ich standen daneben und schauten zu. Wir waren diesmal spät gekommen, aber zum Glück nicht zu spät. Und nur das zählte in unserem Team ...

ENDE

Bestie Belinda

Vier FBI-Agenten waren auf grausamste Art und Weise ermordet worden. Und das vom gleichen Täter.
Aber wer steckte dahinter? Wer tat so etwas? War es ein Mensch oder ein Tier?
Es gab einen Mann, der etwas ahnte. Abe Douglas, ebenfalls G-man, und ein Freund von mir. Er bekam von höchster Stelle freie Hand und holte mich als Verstärkung in die Staaten.
Wir fanden die Spur des Killers und stießen auf eine Frau und Werwölfin zugleich – auf die Bestie Belinda …

ISBN 3-404-73243-X

BASTEI
LÜBBE

Triumpf der weißen Magie

Geisterjäger John Sinclair ist die erfolgreichste Horror-Romanserie der Welt. BASTEI LÜBBE veröffentlicht hier acht längst vergriffene Einzelbände. Dieser Band enthält folgende Romane:

Sieben Siegel der Magie
Allein in der Drachenhöhle
Macht und Mythos
Hexenabend mit Jane Collins
Mit Mörderblick und Todeslächeln
Belphégors Rückkehr
Der Höllenwurm
Vampir-Kosmetik

ISBN 3-404-73930-2

BASTEI
LÜBBE

Als die 16jährige Kathleen Beavier plötzlich schwanger wird, sind ihre Eltern entsetzt. Doch noch mehr verstört sie die beharrliche Aussage ihrer Tochter, niemals mit einem Jungen geschlafen zu haben. Und auch die Untersuchungen mehrerer Ärzte ergeben ein eindeutiges Bild: Kathleen ist immer noch Jungfrau!
Der Bostoner Kardinal beauftragt die ehemalige Nonne Anne Fitzgerald, der Sache auf den Grund zu gehen. Denn vor achtzig Jahren wurde die Geburt eines göttlichen Kindes prophezeit.
Auch der Vatikan schickt einen Mitarbeiter, Nicholas Rosetti. Dieser ist Anne Fitzgerald in einem voraus: Er weiß, dass in Irland eine vierzehnjährige Jungfrau ebenfalls ein Kind erwartet. Und er weiß auch, dass eines der beiden Kinder der Sohn Gottes, das andere das Kind des Satans ist ...

ISBN 3-404-14504-6

BASTEI LÜBBE